Le Livre de Poche s'engage pour l'environnement en réduisant l'empreinte carbone de ses livres. Celle de cet exemplaire est de :
250 g éq. CO_2
Rendez-vous sur www.livredepoche-durable.fr

PAPIER À BASE DE FIBRES CERTIFIÉES

Composition réalisée par PCA

Achevé d'imprimer en France par
CPI BUSSIÈRE (18200 Saint-Amand-Montrond)
en février 2021
N° d'impression : 2055848
Dépôt légal 1re publication : novembre 2009
Édition 03 - février 2021
LIBRAIRIE GÉNÉRALE FRANÇAISE
21, rue du Montparnasse – 75298 Paris Cedex 06

30/8268/2

Le Horla
et autres nouvelles fantastiques

Guy de **Maupassant**
n° 1251

Blanc comme neige

Jean-Paul **Nozière**
n° 1252

Cendrillon et autres contes

Charles **Perrault**
n° 1253

Le Système du docteur Goudron
et du professeur Plume

E.A. **Poe**
n° 1254

Le Médaillon

Patrick **Raynal**
n° 1255

LE COLLIER DE LA REINE

et autres nouvelles

Dans la même collection :

L'ARRESTATION D'ARSÈNE LUPIN

LE CABOCHON D'ÉMERAUDE *précédé de* L'HOMME À LA PEAU DE BIQUE

MAURICE LEBLANC

Le Collier de la reine

et autres nouvelles

ÉDITION DE JEAN-PIERRE NAUGRETTE

LE LIVRE DE POCHE
Libretti

Jean-Pierre Naugrette est professeur de littérature anglaise à l'université Paris III-Sorbonne nouvelle. Spécialiste de R. L. Stevenson et de Conan Doyle, il a aussi dirigé l'édition des *Histoires, essais et poèmes* de Poe dans la Pochothèque. Il a écrit trois romans policiers, ainsi qu'un recueil de nouvelles fantastiques, *Retour à Walker Alpha* (Le Visage Vert).

ISBN : 978-2-253-08268-2 – 1re publication LGF

Présentation

Lorsqu'on évoque Arsène Lupin, une image vient aussitôt à l'esprit : « On ne voit pas Lupin autrement que revêtu d'un habit de soirée avec fleur à la boutonnière, cape à la Dracula, et gibus à huit reflets[1]. » Depuis la fameuse couverture de Léo Fontan pour le recueil *Arsène Lupin, gentleman cambrioleur* jusqu'à l'interprétation de Romain Duris pour le film de Jean-Paul Salomé (2004) en passant par celle de Georges Descrières pour la télévision dans les années 1970, on connaît cet homme élégant, racé, sarcastique, habile comme une anguille pour échapper aux filets de la police, capable de se déguiser en de multiples identités : on a pu en compter jusqu'à trente-cinq dans le cycle de ses aventures commencé en 1905.

Naissance du personnage : le contexte littéraire

La première aventure où apparaît le personnage, « L'arrestation d'Arsène Lupin », est publiée le 15 juillet 1905, dans le journal *Je sais tout* dirigé par Pierre Lafitte. C'est la « Belle Époque », celle où la France et l'Angleterre se sont rapprochées depuis 1904 avec l'Entente cordiale : une certaine anglomanie règne alors en France. Le « gentleman » fait recette. Impressionné par la vogue du personnage de Sherlock Holmes en Angleterre, le célèbre détective que Sir

1. Francis Lacassin, « Arsène Lupin ou du cambriolage comme un service public au service du public », *Mythologie du roman policier*, Paris, UGE, « 10/18 », 1974, t. 1, p. 136.

Arthur Conan Doyle (1859-1930) avait créé en 1887 avec *Une étude en rouge*, Lafitte avait poussé Maurice Leblanc, qui jusqu'alors n'avait écrit que des romans psychologiques sans succès, à poursuivre dans cette voie : « Tu seras le Conan Doyle français », lui avait-il prédit[1], à un moment où, selon Leblanc lui-même, « les romans de mystère et de police étaient fort mal classés en France[2] ». L'hommage au créateur de Sherlock Holmes devient explicite lorsque Leblanc écrit une histoire intitulée « Sherlock Holmes arrive trop tard », où Lupin affronte le célèbre détective de Conan Doyle, qui protestera auprès de Lafitte contre l'utilisation du nom de son personnage : Leblanc rectifiera, dans le premier recueil, *Arsène Lupin, gentleman cambrioleur* (1907), en Herlock Sholmes[3]. Dans ce contexte d'anglomanie littéraire, il faut remonter aussi au gendre de Doyle, l'écrivain anglais Ernest William Hornung (1866-1924), pour trouver l'ancêtre littéraire de Lupin. C'est en 1899 qu'il crée le personnage de *Raffles, cambrioleur amateur*, un « gentleman » passionné de cricket et de sport, qui trompe son ennui en cambriolant les villas des riches – tableaux de maîtres, colliers précieux, mobilier ancien –, flanqué de son ancien condisciple de *public school*, Bunny, qui est le narrateur de ses exploits[4]. Le personnage est né : Raffles est brillant, cynique, artiste, adepte du déguisement. Dans la filiation romantique d'un De Quincey (*De l'assassinat considéré comme l'un des beaux-arts*, 1827), et revu par l'esthétisme fin de siècle, il pratique le cambriolage comme un passe-temps artistique. En France, il faut remonter plus loin, avec le personnage de Robert Macaire dans le mélodrame *L'Auberge des Adrets* (1823). Il est lui aussi double : qu'un ancien voleur puisse s'intégrer à la société et en dénoncer les abus, voilà qui crée une tension dont jouera très bien Leblanc avec le titre même de son premier recueil, « gentleman cambrioleur », en forme

1. Cité par Jacques Derouard dans *Maurice Leblanc, Arsène Lupin malgré lui*, Paris, Séguier, 1989, p. 139. 2. *Ibid.*, p. 138. 3. Le jeu sur le nom de Sherlock Holmes était alors à la mode : voir J. Jacquin et A. Fabre, *Le Chien de Serloc Kolmes*, Paris, Hachette, 1912. 4. Voir W. E. Hornung, *Raffles, cambrioleur amateur*, trad. de Francis Lacassin, Paris, Presses de la Cité, « Omnibus », 2007.

d'oxymore. Dans la tradition romantique française, Jean Valjean, l'ancien forçat devenu un personnage respectable dans *Les Misérables* de Victor Hugo (1862), introduit lui aussi le motif du bandit au grand cœur capable de redresser les torts qu'inflige la société à l'homme. Lupin hérite de cette veine, lui qui exerce une manière de « justice redistributive[1] » en s'en prenant aux riches, aux aristocrates, aux classes dirigeantes, comme le montre la première histoire du présent recueil, où l'on s'aperçoit que le jeune Arsène a commencé très tôt dans l'art du cambriolage de la haute société.

Le contexte politique et social

Si, comme disait Proudhon (1809-1865), « la propriété, c'est le vol », alors cambrioler n'est que réparer une injustice originelle lorsqu'on a souffert de l'humiliation ou de la pauvreté : comme souvent chez Leblanc, l'enfance de Lupin est le moment où tout se cristallise. Le roman policier se greffe sur un roman familial[2]. Ce qui était encore jeu de *dandy* fin de siècle chez Raffles se colore ici d'intentions sociales, à une époque où les attentats anarchistes en plein Paris étaient là pour rappeler que la « Belle Époque » avait un côté plus sombre : ce « Robin des bois bien français [...] n'est pas un aristocrate qui vit comme un anarchiste mais un anarchiste qui vit comme un aristocrate[3] ». Tel Sherlock Holmes encaissant de gros chèques lorsque ses clients sont riches, mais exonérant les pauvres, Lupin prend aux aristocrates l'argent qu'il estime lui être dû, non pour s'enrichir personnellement, mais pour le redistribuer à ceux qui ont été lésés : c'est le cas dans « Au sommet de la tour » (*Les Huit Coups de l'horloge*) ou dans « La lettre d'amour du roi George » (*L'Agence Barnett et Cie*). Plus généralement, c'est la société tout entière qui est remise en cause dès lors qu'il s'en prend aux collectivités : « banques, compagnies d'assurances, Églises et, bien entendu, Trésor public[4] », liste à laquelle il faut

1. F. Lacassin, art. cit., p. 133. 2. Voir Gérard-Philippe Guasch, « Psychanalyse d'un caractère », *Europe*, n°s 604-605, août-septembre 1979. 3. Pierre Lazareff, préface à *Arsène Lupin, gentleman cambrioleur*, Paris, Le Livre de Poche, 1962, p. 10. 4. F. Lacassin, art. cit., p. 135.

ajouter bien sûr la police, la Sûreté, l'autorité judiciaire, avec lesquelles il joue au chat et à la souris, ridiculisant son vieil ennemi, l'inspecteur principal Ganimard, tel Fantômas, le personnage d'Allain et Souvestre, défiant le commissaire Juve à partir de 1911. Or c'est l'époque où le président du Conseil et ministre de l'Intérieur Georges Clemenceau crée les « Brigades du Tigre » en 1907, afin de lutter contre les nouvelles formes de délinquance liées au progrès. Ridiculiser la police est donc un vaste défi lancé à la société.

De même, la manière dont Lupin-Rénine, dans « La carafe d'eau », dénonce et déjoue l'arrestation d'un innocent, et la menace que fait peser la peine de mort sur lui et sur toute sa famille (« La nouvelle de l'exécution, inévitable maintenant, les rendait fous »), indique que Maurice Leblanc critiquait l'horreur de l'exécution capitale, dans le droit-fil encore de Victor Hugo et du *Dernier jour d'un condamné* (1829). Dans une course contre la montre haletante, Lupin répare ici les torts de l'institution judiciaire en désignant le vrai coupable.

Roman policier et roman d'aventures

Leblanc admirait Arthur Conan Doyle, mais sans doute pas au point de vouloir devenir « le Conan Doyle français ». À la mort du créateur de Sherlock Holmes en 1930, il devait écrire un court texte qui en dit long sur sa méfiance foncière envers le genre du roman policier. Contrairement à Gaston Leroux, qui en créant le personnage de Rouletabille en 1907 avec *Le Mystère de la chambre jaune*[1], également publié par Lafitte, entendait faire mieux encore qu'Edgar Allan Poe[2] et Conan Doyle avant lui dans le genre du mystère de la chambre close, Leblanc n'est pas à l'aise avec le « roman policier » : il préfère les termes de « roman d'aventures mystérieuses », « conte d'aventures » ou bien « roman d'action et de mouvement ». Alors que le roman policier, dit-il, est

1. Le Livre de Poche Classiques, n° 21 042, éd. de J.-P. Naugrette, 2008. 2. E. A. Poe, *Double assassinat dans la rue Morgue*, *La Lettre volée*, Paris, Le Livre de Poche, « Libretti », 2009.

« une construction en l'air[1] », un jeu qui repose sur une technique de composition artificielle, il importe plus que les talents de conteur de Doyle soient reconnus : ce sont eux qui permettent de mettre l'action en mouvement, de l'accélérer, de la ralentir, etc. Plus que la résolution d'énigmes, Doyle a créé avec Sherlock Holmes un type, « et nous devons avouer que ce type a grand air, un bel aplomb, un masque singulier, et une telle envergure qu'il ne nous apparaît plus comme un jeu de l'imagination, mais comme un être vivant, dont l'existence se mêle à la nôtre[2] » – une description qui pourrait s'appliquer au personnage de Lupin. Aujourd'hui, lorsqu'on visite « Le Clos Lupin » à Étretat, l'ancienne maison de Leblanc transformée en musée, c'est bien Lupin qui nous reçoit dans les lieux, comme s'il se confondait avec son créateur.

Dès l'origine, ce sont l'action, le mouvement, la vitesse qui caractérisent l'écriture d'un Leblanc journaliste sportif, passionné de bicyclette et d'automobile, et qui, avec *Gueule-rouge 80-chevaux*, recueil de « contes sportifs » parus dans *L'Auto*, avait affiché ses préférences. La vitesse est essentielle dans ces nouvelles où Lupin se déplace comme il l'entend, empruntant omnibus et taxis, trains et transatlantiques pour mieux déjouer les poursuites, piéger à la fois la police et les malfaiteurs. Dans « La carafe d'eau », Rénine-Lupin définit ainsi l'aventure : « La meilleure aventure, c'est celle qu'on ne prévoit pas. Elle surgit à l'improviste, sans que rien l'ait annoncée, et sans que personne même, sauf les initiés, remarque cette occasion d'agir et de se dépenser qui passe à la portée de la main. Il faut la saisir tout de suite. Une seconde d'hésitation et il est trop tard. Un sens spécial nous avertit, un flair de chien de chasse qui démêle la bonne odeur parmi toutes celles qui s'entrecroisent » (p. 74-75). L'image du chien de chasse flairant la piste vient de Sherlock Holmes, mais on voit bien à quel point Leblanc se démarque du roman policier pour promouvoir un type de roman d'aventures mystérieuses, en droite ligne du roman

1. M. Leblanc, « À propos de Conan Doyle », in *Arsène Lupin*, Paris, Robert Laffont, « Bouquins », t. 1, 1986, p. 1079-1081. 2. *Ibid.*, p. 1080.

d'aventures historiques à la Dumas, qu'il admirait, et auquel il reprend l'épisode du collier de la reine[1]. L'aventure déborde le genre policier. Le personnage de Lupin ne saurait se réduire au prototype du détective à la Sherlock Holmes, qu'il ridiculise à son tour : il échappe à la routine et à la formule du genre. Lupin n'est ni simplement cambrioleur, ni seulement détective, c'est un aventurier qui échappe aux étiquettes trop commodes. À une époque où le roman français explore de nouvelles voies, où il tente de sortir de la psychologie et va chercher du côté du roman d'aventures anglais une nouvelle inspiration, un nouveau souffle[2], Lupin combine des polarités qui transcendent le clivage entre le bien et le mal, la police et le crime, l'honnêteté et le vice. De Sherlock Holmes, il a gardé l'amour de la détection, le goût de résoudre les énigmes. De Raffles, il a le côté cambrioleur de haut vol, l'élégance et le raffinement. Du premier, il a la capacité logique de retrouver des lettres perdues, des perles volées, d'innocenter les faux coupables, de punir les vrais. Du second, il a celle de monnayer ses trouvailles, de donner le change, de jouer les monte-en-l'air en perpétuelle évasion, comme la littérature du même nom.

Le choix des nouvelles

Les cinq nouvelles ici retenues proviennent de trois recueils différents : *Arsène Lupin, gentleman cambrioleur*, *Les Huit Coups de l'horloge*, *L'Agence Barnett et Cie* (voir la Bibliographie). Le choix illustre les caractéristiques principales du personnage de Lupin créé par Leblanc, à la fois dans le contexte rappelé plus haut et dans toute la diversité d'un texte où le personnage apparaît sous de multiples facettes.

L'héritage littéraire anglo-américain est ici un fil conducteur. Il apparaît très nettement dans « Le collier de la reine », « La carafe d'eau » et « La perle noire », qui sont des variations sur le mystère en chambres closes inauguré par Edgar

1. Voir Alexandre Dumas, *Le Collier de la reine* (1849-1850).
2. Voir Jacques Rivière, « Le roman d'aventures », *NRF*, 1913 ; rééd. Éd. des Syrtes, 2000.

Allan Poe avec « Double assassinat dans la rue Morgue », et repris par Conan Doyle dans diverses nouvelles, dont « La bande mouchetée » (1892). À chaque fois, Lupin réussit à expliquer des vols d'objets précieux dont le mystère repose sur le fait que la chambre était hermétiquement close, et donc que personne ne semblait pouvoir s'y faufiler. Le fait que « Le collier de la reine » traite aussi de l'enfance de Lupin montre que Leblanc fait ici coïncider l'origine de son personnage avec l'origine même du roman : c'est la nouvelle où l'hommage à Edgar Poe est le plus appuyé et où le chevalier Floriani se compare à Sherlock Holmes... De même, « Au sommet de la tour » peut être considéré comme un hommage au « Scarabée d'or » de Poe (1843) : on y trouve une même investigation policière reposant sur le déchiffrement et l'utilisation de signes mystérieux (une horloge, des armoiries, une longue-vue) dans un espace géométriquement ordonné, qui débouche sur la révélation d'un meurtre. « La lettre d'amour du roi George » renvoie aussi à « La lettre volée » de Poe. Qu'un détective appelé Jim Barnett enquête sur une lettre relative à une affaire de cœur et de cour anglaise, voilà qui confirme l'anglomanie de Leblanc et de ses contemporains. Le motif de la perle noire apparaît déjà dans la nouvelle de Conan Doyle intitulée « Les six napoléons » (1904), où Sherlock Holmes réussit à mettre la main sur « la fameuse perle noire des Borgia ».

Un autre fil conducteur du présent recueil est la propension qu'a Lupin à se déguiser, et celle de Leblanc à jouer sur le trompe-l'œil. Ici, Lupin est tour à tour le chevalier Floriani, le prince Rénine, Jim Barnett, Grimaudan, ex-inspecteur de la Sûreté, et... Arsène Lupin lui-même ! À chaque fois, le déguisement permet à Leblanc de jouer sur la double dimension de son personnage : alors que le chevalier Dupin chez Poe ou Sherlock Holmes chez Doyle se contentent la plupart du temps de reconstituer les événements qui ont mené au vol ou au crime, Lupin, lui, effectue à la fois ce travail de raisonnement logique *et* l'action qui a déclenché l'enquête criminelle. Il est à la fois le détective privé et le coupable, l'enquêteur et le malfaiteur, le gentleman et le cambrioleur. Comme dans « Le collier de la reine », il enquête sur lui-même. Pour un peu, il se mettrait en état d'arrestation. Le plaisir de la lecture est donc ici double, tant Leblanc joue sur les deux tableaux : le lecteur amateur de romans policiers a la satisfaction de voir l'enquête aboutir par les méthodes de raisonnement du détective, mais il a aussi l'occasion de s'identifier avec ce cambrioleur qui défie la bonne société ; déjà, chez Doyle, le Dr Watson remarquait que Sherlock Holmes aurait fait un formidable cambrioleur s'il avait mis ses capacités intellectuelles au service du vol, et non de la loi. Cette facilité à se multiplier permet sans doute à Lupin de confondre le coupable dans « Au sommet de la tour », « La lettre d'amour du roi George » et « La carafe d'eau », nouvelles qui reposent sur un effet de trompe-l'œil.

Enfin, et peut-être surtout, on a voulu montrer ici le personnage dans toute l'élégance de son style, de son jeu, de ses manières de vivre et d'agir. Non seulement il se définit par sa générosité et son désintéressement, « sans arrière-pensée ni calcul » (« Au sommet de la tour »), mais il se caractérise par « un raffinement de dilettante en quête d'émotion », une « correction » de « galant homme » faisant preuve d'une « attention délicate et chevaleresque » (« Le collier de la reine »), notamment envers les femmes, qu'il défend toujours contre les injustices d'une société profondément masculine. S'il leur vole leurs colliers et leurs bijoux, il les prend aussi sous sa protection : ainsi Hortense Daniel dans « Au sommet de la tour », ou bien Mmes Aubrieux dans « La carafe d'eau ». Il ne s'agit pas seulement de faire le bien, ou de réparer des torts. À la fin de « La carafe d'eau », Hortense peine à dire « son admiration à cet homme étrange qui semblait faire le bien comme un sport, et qui le faisait avec une sorte de génie » (p. 97) : voilà qui définit le mieux ce « gentleman très distingué » aux yeux d'un Leblanc dont on a vu qu'il pratiquait lui-même le sport. La bicyclette de Lupin, son amour de la vitesse, l'agilité de ses déplacements sont autant d'images qui correspondent à son style de vie, à son art d'agir comme s'il s'amusait. Comme le dit Lupin lui-même à Hortense dans « Au sommet de la tour » : « Ce que j'ai voulu d'abord, c'est vous distraire » (p. 71).

Jean-Pierre NAUGRETTE.

Le collier de la reine[1]

Deux ou trois fois par an, à l'occasion de solennités importantes, comme les bals de l'ambassade d'Autriche ou les soirées de Lady Billingstone, la comtesse de Dreux-Soubise mettait sur ses blanches épaules le « Collier de la Reine ».

C'était bien le fameux collier, le collier légendaire que Bohmer et Bassenge, joailliers de la Couronne, destinaient à la du Barry[2], que le cardinal de Rohan Soubise crut offrir à Marie-Antoinette[3], reine de France, et que l'aventurière Jeanne de Valois, comtesse de La Motte, dépeça un soir de février 1785, avec l'aide de son mari et de leur complice Rétaux de Villette.

Pour dire vrai, la monture seule était authentique. Rétaux de Villette l'avait conservée, tandis que le sieur de la Motte et sa femme dispersaient aux quatre vents les pierres brutalement desserties, les admirables pierres si soigneusement choisies par Bohmer. Plus tard, en Italie, il la vendit à Gaston de Dreux-Soubise, neveu et héritier du cardinal, sauvé par lui de la ruine lors de la retentissante banqueroute de Rohan-Guéménée, et qui, en souvenir de son oncle, racheta les quelques diamants qui restaient en la possession du bijoutier

1. La nouvelle figure dans *Arsène Lupin, gentleman cambrioleur* (1907). 2. Jeanne Bécu, comtesse du Barry (1743-1793). Favorite de Louis XV, elle fut guillotinée pendant la Révolution. 3. « Crut offrir », parce que la comtesse de La Motte, dont il est question ensuite, avait réussi à se faire passer pour la reine auprès du cardinal en lui adressant de fausses lettres.

anglais Jefferys, les compléta avec d'autres de valeur beaucoup moindre, mais de même dimension, et parvint à reconstituer le merveilleux « collier en esclavage[1] », tel qu'il était sorti des mains de Bohmer et Bassenge.

De ce bijou historique, pendant près d'un siècle, les Dreux-Soubise s'enorgueillirent. Bien que diverses circonstances eussent notablement diminué leur fortune, ils aimèrent mieux réduire leur train de maison[2] que d'aliéner[3] la royale et précieuse relique. En particulier le comte actuel y tenait comme on tient à la demeure de ses pères. Par prudence, il avait loué un coffre au Crédit Lyonnais pour l'y déposer. Il allait l'y chercher lui-même l'après-midi du jour où sa femme voulait s'en parer, et l'y reportait lui-même le lendemain.

Ce soir-là, à la réception du Palais de Castille – l'aventure remonte au début du siècle –, la comtesse eut un véritable succès, et le roi Christian, en l'honneur de qui la fête était donnée, remarqua sa beauté magnifique. Les pierreries ruisselaient autour du cou gracieux. Les mille facettes des diamants brillaient et scintillaient comme des flammes à la clarté des lumières. Nulle autre qu'elle, semblait-il, n'eût pu porter avec tant d'aisance et de noblesse le fardeau d'une telle parure.

Ce fut un double triomphe, que le comte de Dreux goûta profondément, et dont il s'applaudit, quand ils furent rentrés dans la chambre de leur vieil hôtel[4] du faubourg Saint-Germain. Il était fier de sa femme et tout autant peut-être du bijou qui illustrait sa maison depuis quatre générations. Et

---

1. Collier constitué de plusieurs chaînes, reliées généralement à trois médaillons ovales ou rectangulaires. Apparu au milieu du XVIIIe siècle, ce type de collier est rapidement devenu un bijou traditionnel dans plusieurs régions de France, notamment dans le Poitou : offert par le marié à son épouse le jour de leurs noces, ce collier marquait pour elle la fin de sa liberté. 2. Train de vie de la maisonnée. 3. Au sens de se départir de, mettre en vente. 4. Hôtel particulier. Au début de « Double assassinat dans la rue Morgue » d'Edgar Allan Poe (1841), le narrateur et son ami le détective Dupin habitent eux aussi dans le faubourg Saint-Germain, un des beaux quartiers où vivaient les aristocrates. Les écuries, situées dans la cour de l'hôtel, existaient en plein Paris, à une époque où l'on se servait du cheval comme moyen de locomotion.

sa femme en tirait une vanité un peu puérile, mais qui était bien la marque de son caractère altier.

Non sans regret, elle détacha le collier de ses épaules et le tendit à son mari qui l'examina avec admiration, comme s'il ne le connaissait point. Puis, l'ayant remis dans son écrin de cuir rouge aux armes du Cardinal, il passa dans un cabinet voisin, sorte d'alcôve plutôt, que l'on avait complètement isolée de la chambre, et dont l'unique entrée se trouvait au pied de leur lit. Comme les autres fois, il le dissimula sur une planche assez élevée, parmi des cartons à chapeau et des piles de linge. Il referma la porte et se dévêtit.

Au matin, il se leva vers neuf heures, avec l'intention d'aller, avant le déjeuner, jusqu'au Crédit Lyonnais. Il s'habilla, but une tasse de café et descendit aux écuries. Là, il donna des ordres. Un des chevaux l'inquiétait. Il le fit marcher et trotter devant lui dans la cour. Puis il retourna près de sa femme.

Elle n'avait point quitté la chambre, et se coiffait, aidée de sa bonne. Elle lui dit :

« Vous sortez ?

— Oui… pour cette course…

— Ah ! en effet… c'est plus prudent… »

Il pénétra dans le cabinet. Mais, au bout de quelques secondes, il demanda, sans le moindre étonnement d'ailleurs :

« Vous l'avez pris, chère amie ? »

Elle répliqua :

« Comment ? mais non, je n'ai rien pris.

— Vous l'avez dérangé.

— Pas du tout… je n'ai même pas ouvert cette porte. »

Il apparut, décomposé, et il balbutia, la voix à peine intelligible :

« Vous n'avez pas ?… Ce n'est pas vous ?… Alors… »

Elle accourut, et ils cherchèrent fiévreusement, jetant les cartons à terre et démolissant les piles de linge. Et le comte répétait :

« Inutile… tout ce que nous faisons est inutile… C'est ici, là, sur cette planche, que je l'ai mis.

— Vous avez pu vous tromper.

— C'est ici, là, sur cette planche, et pas sur une autre. »

Ils allumèrent une bougie, car la pièce était assez obscure et ils enlevèrent tout le linge et tous les objets qui l'encombraient. Et quand il n'y eut plus rien dans le cabinet, ils durent s'avouer avec désespoir que le fameux collier, le « Collier en esclavage de la Reine », avait disparu.

De nature résolue, la comtesse, sans perdre de temps en vaines lamentations, fit prévenir le commissaire, M. Valorbe, dont ils avaient eu déjà l'occasion d'apprécier l'esprit sagace et la clairvoyance. On le mit au courant par le détail, et tout de suite il demanda :

« Êtes-vous sûr, monsieur le comte, que personne n'a pu traverser la nuit votre chambre ?

— Absolument sûr. J'ai le sommeil très léger. Mieux encore : la porte de cette chambre était fermée au verrou. J'ai dû le tirer ce matin quand ma femme a sonné la bonne.

— Et il n'existe pas d'autre passage qui permette de s'introduire dans le cabinet ?

— Aucun.

— Pas de fenêtre ?

— Si, mais elle est condamnée.

— Je désirerais m'en rendre compte... »

On alluma des bougies, et aussitôt M. Valorbe fit remarquer que la fenêtre n'était condamnée qu'à mi-hauteur, par un bahut, lequel, en outre, ne touchait pas exactement aux croisées.

« Il y touche suffisamment, répliqua M. de Dreux, pour qu'il soit impossible de le déplacer sans faire beaucoup de bruit.

— Et sur quoi donne cette fenêtre ?

— Sur une courette intérieure.

— Et vous avez encore un étage au-dessus de celui-là ?

— Deux, mais au niveau de celui des domestiques, la courette est protégée par une grille à petites mailles. C'est pourquoi nous avons si peu de jour. »

D'ailleurs, quand on eut écarté le bahut, on constata que la fenêtre était close, ce qui n'aurait pas été, si quelqu'un avait pénétré du dehors.

« À moins, observa le comte, que ce quelqu'un ne soit sorti par notre chambre.

— Auquel cas, vous n'auriez pas trouvé le verrou de cette chambre poussé. »

Le commissaire réfléchit un instant, puis se tournant vers la comtesse :

« Savait-on dans votre entourage, madame, que vous deviez porter ce collier hier soir ?

— Certes, je ne m'en suis pas cachée. Mais personne ne savait que nous l'enfermions dans ce cabinet.

— Personne ?

— Personne… À moins que…

— Je vous en prie, madame, précisez. C'est là un point des plus importants. »

Elle dit à son mari :

« Je songeais à Henriette.

— Henriette ? Elle ignore ce détail comme les autres.

— En es-tu certain ?

— Quelle est cette dame ? interrogea M. Valorbe.

— Une amie de couvent, qui s'est fâchée avec sa famille pour épouser une sorte d'ouvrier. À la mort de son mari, je l'ai recueillie avec son fils et leur ai meublé un appartement dans cet hôtel. »

Et elle ajouta avec embarras :

« Elle me rend quelques services. Elle est très adroite de ses mains.

— À quel étage habite-t-elle ?

— Au nôtre, pas loin du reste… à l'extrémité de ce couloir… Et même, j'y pense… la fenêtre de sa cuisine…

— Ouvre sur cette courette, n'est-ce pas ?

— Oui, juste en face de la nôtre. »

Un léger silence suivit cette déclaration.

Puis M. Valorbe demanda qu'on le conduisît auprès d'Henriette.

Ils la trouvèrent en train de coudre, tandis que son fils Raoul, un bambin de six à sept ans, lisait à ses côtés. Assez étonné de voir le misérable appartement qu'on avait meublé pour elle, et qui se composait au total d'une pièce sans cheminée et d'un réduit servant de cuisine, le commissaire la questionna. Elle parut bouleversée en apprenant le vol commis. La veille au soir, elle avait elle-même habillé la comtesse et fixé le collier autour de son cou.

« Seigneur Dieu ! s'écria-t-elle, qui m'aurait jamais dit ?

— Et vous n'avez aucune idée ? pas le moindre doute ? Il est possible que le coupable ait passé par votre chambre. »

Elle rit de bon cœur, sans même imaginer qu'on pouvait l'effleurer d'un soupçon.

« Mais, je ne l'ai pas quittée, ma chambre ! je ne sors jamais, moi. Et puis, vous n'avez donc pas vu ? »

Elle ouvrit la fenêtre du réduit.

« Tenez, il y a bien trois mètres jusqu'au rebord opposé.

— Qui vous a dit que nous envisagions l'hypothèse d'un vol effectué par là ?

— Mais… le collier n'était-il pas dans le cabinet ?

— Comment le savez-vous ?

— Dame ! j'ai toujours su qu'on l'y mettait la nuit… on en a parlé devant moi… »

Sa figure, encore jeune, mais que les chagrins avaient flétrie, marquait une grande douceur et de la résignation. Cependant elle eut soudain, dans le silence, une expression d'angoisse, comme si un danger l'eût menacée. Elle attira son fils contre elle. L'enfant lui prit la main et l'embrassa tendrement.

« Je ne suppose pas, dit M. de Dreux au commissaire, quand ils furent seuls, je ne suppose pas que vous la soupçonniez ? Je réponds d'elle. C'est l'honnêteté même.

— Oh ! je suis tout à fait de votre avis, affirma M. Valorbe. C'est tout au plus si j'avais pensé à une complicité inconsciente. Mais je reconnais que cette explication doit être abandonnée, d'autant qu'elle ne résout nullement le problème auquel nous nous heurtons. »

Le commissaire ne poussa pas plus avant cette enquête, que le juge d'instruction reprit et compléta les jours suivants. On interrogea les domestiques, on vérifia l'état du verrou, on fit des expériences sur la fermeture et sur l'ouverture de la fenêtre du cabinet, on explora la courette du haut en bas… Tout fut inutile. Le verrou était intact. La fenêtre ne pouvait s'ouvrir ni se fermer du dehors.

Plus spécialement, les recherches visèrent Henriette, car, malgré tout, on en revenait toujours de ce côté. On fouilla sa vie minutieusement, et il fut constaté que, depuis trois ans, elle n'était sortie que quatre fois de l'hôtel, et les quatre fois pour des courses que l'on put déterminer. En réalité, elle servait de femme de chambre et de couturière à Mme de Dreux, qui se montrait à son égard d'une rigueur dont tous les domestiques témoignèrent en confidence.

« D'ailleurs, disait le juge d'instruction, qui, au bout d'une semaine, aboutit aux mêmes conclusions que le commissaire, en admettant que nous connaissions le coupable, et nous n'en sommes pas là, nous n'en saurions pas davantage sur la manière dont le vol a été commis. Nous sommes barrés à droite et à gauche par deux obstacles : une porte et une fenêtre fermées. Le mystère est double ! Comment a-t-on pu s'introduire, et comment, ce qui était beaucoup plus difficile, a-t-on pu s'échapper en laissant derrière soi une porte close au verrou et une fenêtre fermée ? »

Au bout de quatre mois d'investigations, l'idée secrète du juge était celle-ci : M. et Mme de Dreux, pressés par des besoins d'argent, avaient vendu le Collier de la Reine. Il classa l'affaire.

Le vol du précieux bijou porta aux Dreux-Soubise un coup dont ils gardèrent longtemps la marque. Leur crédit n'étant plus soutenu par la sorte de réserve que constituait un tel trésor, ils se trouvèrent en face de créanciers plus exigeants et de prêteurs moins favorables. Ils durent couper dans le vif, aliéner, hypothéquer. Bref, c'eût été la ruine si deux gros héritages de parents éloignés ne les avaient sauvés.

Ils souffrirent aussi dans leur orgueil, comme s'ils avaient perdu un quartier de noblesse. Et, chose bizarre, ce fut à son ancienne amie de pension que la comtesse s'en prit. Elle ressentait contre elle une véritable rancune et l'accusait ouvertement. On la relégua d'abord à l'étage des domestiques, puis on la congédia du jour au lendemain.

Et la vie coula, sans événements notables. Ils voyagèrent beaucoup.

Un seul fait doit être relevé au cours de cette époque. Quelques mois après le départ d'Henriette, la comtesse reçut d'elle une lettre qui la remplit d'étonnement :

« *Madame,*

« *Je ne sais comment vous remercier. Car c'est bien vous, n'est-ce pas, qui m'avez envoyé cela ? Ce ne peut être que vous. Personne d'autre ne connaît ma retraite au fond de ce petit village. Si je me trompe, excusez-moi et retenez du moins l'expression de ma reconnaissance pour vos bontés passées...* »

Que voulait-elle dire ? Les bontés présentes ou passées de la comtesse envers elle se réduisaient à beaucoup d'injustices. Que signifiaient ces remerciements ?

Sommée de s'expliquer, elle répondit qu'elle avait reçu par la poste, en un pli non recommandé ni chargé[1], deux billets de mille francs. L'enveloppe, qu'elle joignait à sa réponse, était timbrée de Paris, et ne portait que son adresse, tracée d'une écriture visiblement déguisée.

D'où provenaient ces deux mille francs ? Qui les avait envoyés ? La justice s'informa. Mais quelle piste pouvait-on suivre parmi ces ténèbres ?

Et le même fait se reproduisit douze mois après. Et une troisième fois ; et une quatrième fois ; et chaque année pendant six ans, avec cette différence que la cinquième et la sixième année, la somme doubla, ce qui permit à Henriette, tombée subitement malade, de se soigner comme il convenait.

Autre différence : l'administration de la poste ayant saisi une des lettres sous prétexte qu'elle n'était point chargée, les deux dernières lettres furent envoyées selon le règlement, la première datée de Saint-Germain, l'autre de Suresnes. L'expéditeur signa d'abord Anquety, puis Péchard. Les adresses qu'il donna étaient fausses.

Au bout de six ans, Henriette mourut. L'énigme demeura entière.

Tous ces événements sont connus du public. L'affaire fut de celles qui passionnèrent l'opinion, et c'est un destin étrange que celui de ce collier, qui, après avoir bouleversé la France à la fin du XVIIIe siècle, souleva encore tant

1. Pas timbrée ou affranchie.

d'émotion cent vingt ans plus tard. Mais ce que je vais dire est ignoré de tous, sauf des principaux intéressés et de quelques personnes auxquelles le comte demanda le secret absolu. Comme il est probable qu'un jour ou l'autre elles manqueront à leur promesse, je n'ai, moi, aucun scrupule à déchirer le voile et l'on saura ainsi, en même temps que la clef de l'énigme, l'explication de la lettre publiée par les journaux d'avant-hier matin, lettre extraordinaire qui ajoutait encore, si c'est possible, un peu d'ombre et de mystère aux obscurités de ce drame.

Il y a cinq jours de cela. Au nombre des invités qui déjeunaient chez M. de Dreux-Soubise, se trouvaient ses deux nièces et sa cousine, et, comme hommes, le président d'Essaville, le député Bochas, le chevalier Floriani que le comte avait connu en Sicile, et le général marquis de Rouzières, un vieux camarade de cercle[1].

Après le repas, ces dames servirent le café et les messieurs eurent l'autorisation d'une cigarette, à condition de ne point déserter le salon. On causa. L'une des jeunes filles s'amusa à faire les cartes et à dire la bonne aventure. Puis on en vint à parler de crimes célèbres. Et c'est à ce propos que M. de Rouzières, qui ne manquait jamais l'occasion de taquiner le comte, rappela l'aventure du collier, sujet de conversation que M. de Dreux avait en horreur.

Aussitôt chacun émit son avis. Chacun recommença l'instruction à sa manière. Et, bien entendu, toutes les hypothèses se contredisaient, toutes également inadmissibles.

« Et vous, monsieur, demanda la comtesse au chevalier Floriani, quelle est votre opinion ?

— Oh ! moi, je n'ai pas d'opinion, madame. »

On se récria. Précisément, le chevalier venait de raconter très brillamment diverses aventures auxquelles il avait été mêlé avec son père, magistrat à Palerme, et où s'étaient affirmés son jugement et son goût pour ces questions.

« J'avoue, dit-il, qu'il m'est arrivé de réussir alors que de plus habiles avaient renoncé. Mais de là à me considérer

1. Au sens de club aristocratique.

comme un Sherlock Holmes… Et puis, c'est à peine si je sais de quoi il s'agit. »

On se tourna vers le maître de la maison. À contrecœur, il dut résumer les faits. Le chevalier écouta, réfléchit, posa quelques interrogations, et murmura :

« C'est drôle… à première vue il ne me semble pas que la chose soit si difficile à deviner. »

Le comte haussa les épaules. Mais les autres personnes s'empressèrent autour du chevalier, et il reprit d'un ton un peu dogmatique :

« En général, pour remonter à l'auteur d'un crime ou d'un vol, il faut déterminer comment ce crime ou ce vol ont été commis. Dans le cas actuel, rien de plus simple, selon moi, car nous nous trouvons en face, non pas de plusieurs hypothèses, mais d'une certitude, d'une certitude unique, rigoureuse, et qui s'énonce ainsi : l'individu ne pouvait entrer que par la porte de la chambre ou par la fenêtre du cabinet. Or, on n'ouvre pas, de l'extérieur, une porte verrouillée. Donc il est entré par la fenêtre.

— Elle était fermée, et on l'a retrouvée fermée, déclara M. de Dreux.

— Pour cela, continua Floriani, sans relever l'interruption, il n'a eu besoin que d'établir un pont, planche ou échelle, entre le balcon de la cuisine et le rebord de la fenêtre, et dès que l'écrin…

— Mais je vous répète que la fenêtre était fermée ! » s'écria le comte avec impatience.

Cette fois Floriani dut répondre. Il le fit avec la plus grande tranquillité, en homme qu'une objection aussi insignifiante ne trouble point.

« Je veux croire qu'elle l'était, mais n'y a-t-il pas un vasistas ?

— Comment le savez-vous ?

— D'abord parce que c'est presque une règle, dans les hôtels de cette époque. Et ensuite il faut bien qu'il en soit ainsi, puisque, autrement, le vol est inexplicable.

— En effet, il y en a un, mais il est clos, comme la fenêtre. On n'y a même pas fait attention.

— C'est un tort. Car si on y avait fait attention, on aurait vu évidemment qu'il avait été ouvert.

— Et comment ?

— Je suppose que, pareil à tous les autres, il s'ouvre au moyen d'un fil de fer tressé, muni d'un anneau à son extrémité inférieure ?

— Oui.

— Et cet anneau pendait entre la croisée et le bahut ?

— Oui, mais je ne comprends pas…

— Voici. Par une fente pratiquée dans le carreau, on a pu, à l'aide d'un instrument quelconque, mettons une baguette de fer pourvue d'un crochet, agripper l'anneau, peser et ouvrir. »

Le comte ricana :

« Parfait ! parfait ! vous arrangez tout cela avec une aisance ! seulement vous oubliez une chose, cher monsieur, c'est qu'il n'y a pas eu de fente pratiquée dans le carreau.

— Il y a eu une fente.

— Allons donc, on l'aurait vue.

— Pour voir il faut regarder, et l'on n'a pas regardé. La fente existe, il est matériellement impossible qu'elle n'existe pas, le long du carreau, contre le mastic… dans le sens vertical, bien entendu. »

Le comte se leva. Il paraissait très surexcité. Il arpenta deux ou trois fois le salon d'un pas nerveux, et, s'approchant de Floriani :

« Rien n'a changé là-haut depuis ce jour… personne n'a mis les pieds dans ce cabinet.

— En ce cas, monsieur, il vous est loisible de vous assurer que mon explication concorde avec la réalité.

— Elle ne concorde avec aucun des faits que la justice a constatés. Vous n'avez rien vu, vous ne savez rien, et vous allez à l'encontre de tout ce que nous avons vu et de tout ce que nous savons. »

Floriani ne sembla point remarquer l'irritation du comte, et il dit en souriant :

« Mon Dieu, monsieur, je tâche de voir clair, voilà tout. Si je me trompe, prouvez-moi mon erreur.

— Sans plus tarder… J'avoue qu'à la longue votre assurance… »

M. de Dreux mâchonna encore quelques paroles, puis, soudain, se dirigea vers la porte et sortit.

Pas un mot ne fut prononcé. On attendait anxieusement, comme si, vraiment, une parcelle de la vérité allait apparaître. Et le silence avait une gravité extrême.

Enfin, le comte apparut dans l'embrasure de la porte. Il était pâle et singulièrement agité. Il dit à ses amis, d'une voix tremblante :

« Je vous demande pardon… les révélations de monsieur, sont si imprévues… je n'aurais jamais pensé… »

Sa femme l'interrogea avidement :

« Parle… je t'en supplie… qu'y a-t-il ? »

Il balbutia :

« La fente existe… à l'endroit même indiqué… le long du carreau… »

Il saisit brusquement le bras du chevalier et lui dit d'un ton impérieux :

« Et maintenant, monsieur, poursuivez… je reconnais que vous avez raison jusqu'ici ; mais maintenant, ce n'est pas fini… répondez… que s'est-il passé, selon vous ? »

Floriani se dégagea doucement et après un instant prononça :

« Eh bien, selon moi, voilà ce qui s'est passé. L'individu, sachant que Mme de Dreux allait au bal avec le collier, a jeté sa passerelle pendant votre absence. Au travers de la fenêtre, il vous a surveillé et vous a vu cacher le bijou. Dès que vous êtes parti, il a coupé la vitre et a tiré l'anneau.

— Soit, mais la distance est trop grande pour qu'il ait pu, par le vasistas, atteindre la poignée de la fenêtre.

— S'il n'a pu l'ouvrir, c'est qu'il est entré par le vasistas lui-même.

— Impossible ; il n'y a pas d'homme assez mince pour s'introduire par là.

— Alors ce n'est pas un homme.

— Comment !

— Certes. Si le passage est trop étroit pour un homme, il faut bien que ce soit un enfant.

— Un enfant !

— Ne m'avez-vous pas dit que votre amie Henriette avait un fils ?

— En effet… un fils qui s'appelait Raoul.

— Il est infiniment probable que c'est ce Raoul qui a commis le vol.

— Quelle preuve en avez-vous ?

— Quelle preuve ?... il n'en manque pas, de preuves... Ainsi, par exemple... »

Il se tut et réfléchit quelques secondes. Puis il reprit :

« Ainsi, par exemple, cette passerelle, il n'est pas à croire que l'enfant l'ait apportée du dehors et remportée sans que l'on s'en soit aperçu. Il a dû employer ce qui était à sa disposition. Dans le réduit où Henriette faisait sa cuisine, il y avait, n'est-ce pas, des tablettes accrochées au mur où l'on posait les casseroles ?

— Deux tablettes, autant que je m'en souvienne.

— Il faudrait s'assurer si ces planches sont réellement fixées aux tasseaux de bois qui les supportent. Dans le cas contraire, nous serions autorisés à penser que l'enfant les a déclouées, puis attachées l'une à l'autre. Peut-être aussi, puisqu'il y avait un fourneau, trouverait-on le crochet à fourneau dont il a dû se servir pour ouvrir le vasistas. »

Sans mot dire le comte sortit, et cette fois, les assistants ne ressentirent même point la petite anxiété de l'inconnu qu'ils avaient éprouvée la première fois. Ils savaient, ils savaient de façon absolue que les prévisions de Floriani étaient justes. Il émanait de cet homme une impression de certitude si rigoureuse qu'on l'écoutait non point comme s'il déduisait des faits les uns des autres, mais comme s'il racontait des événements dont il était facile de vérifier au fur et à mesure l'authenticité.

Et personne ne s'étonna lorsque à son tour le comte déclara :

« C'est bien l'enfant, c'est bien lui, tout l'atteste.

— Vous avez vu les planches... le crochet ?

— J'ai vu... les planches ont été déclouées... le crochet est encore là. »

Mme de Dreux-Soubise s'écria :

« C'est lui... Vous voulez dire plutôt que c'est sa mère. Henriette est la seule coupable. Elle aura obligé son fils...

— Non, affirma le chevalier, la mère n'y est pour rien.

— Allons donc ! ils habitaient la même chambre, l'enfant n'aurait pu agir à l'insu d'Henriette.

— Ils habitaient la même chambre, mais tout s'est passé dans la pièce voisine, la nuit, tandis que la mère dormait.

— Et le collier ? fit le comte, on l'aurait trouvé dans les affaires de l'enfant.

— Pardon ! il sortait, lui. Le matin même où vous l'avez surpris devant sa table de travail, il venait de l'école, et peut-être la justice, au lieu d'épuiser ses ressources contre la mère innocente, aurait-elle été mieux inspirée en perquisitionnant là-bas, dans le pupitre de l'enfant, parmi ses livres de classe.

— Soit, mais ces deux mille francs qu'Henriette recevait chaque année, n'est-ce pas le meilleur signe de sa complicité ?

— Complice, vous eût-elle remerciés de cet argent ? Et puis, ne la surveillait-on pas ? Tandis que l'enfant est libre, lui, il a toute facilité pour courir jusqu'à la ville voisine pour s'aboucher avec un revendeur quelconque et lui céder à vil prix un diamant, deux diamants, selon le cas… sous la seule condition que l'envoi d'argent sera effectué de Paris, moyennant quoi on recommencera l'année suivante. »

Un malaise indéfinissable oppressait les Dreux-Soubise et leurs invités. Vraiment il y avait dans le ton, dans l'attitude de Floriani, autre chose que cette certitude qui, dès le début, avait si fort agacé le comte. Il y avait comme de l'ironie, et une ironie qui semblait plutôt hostile que sympathique et amicale ainsi qu'il eût convenu.

Le comte affecta de rire.

« Tout cela est d'un ingénieux qui me ravit ! Mes compliments ! Quelle imagination brillante !

— Mais non, mais non, s'écria Floriani avec plus de gravité, je n'imagine pas, j'évoque des circonstances qui furent inévitablement telles que je les montre.

— Qu'en savez-vous ?

— Ce que vous-même m'en avez dit. Je me représente la vie de la mère et de l'enfant, là-bas, au fond de la province, la mère qui tombe malade, les ruses et les inventions du petit pour vendre les pierreries et sauver sa mère ou tout au moins adoucir ses derniers moments. Le mal l'emporte. Elle meurt. Des années passent. L'enfant grandit, devient un homme. Et alors – et pour cette fois, je veux bien admettre que mon imagination se donne libre cours – supposons que cet homme éprouve le besoin de revenir dans les lieux où il a vécu son enfance, qu'il les revoie, qu'il retrouve ceux qui ont soupçonné, accusé sa mère... pensez-vous à l'intérêt poignant d'une telle entrevue dans la vieille maison où se sont déroulées les péripéties du drame ? »

Ses paroles retentirent quelques secondes dans le silence inquiet, et sur le visage de M. et Mme de Dreux se lisait un effort éperdu pour comprendre, en même temps que la peur, que l'angoisse de comprendre. Le comte murmura :

« Qui êtes-vous donc, monsieur ?

— Moi ? mais le chevalier Floriani que vous avez rencontré à Palerme et que vous avez été assez bon de convier chez vous déjà plusieurs fois.

— Alors que signifie cette histoire ?

— Oh ! mais rien du tout ! C'est simple jeu de ma part. J'essaie de me figurer la joie que le fils d'Henriette, s'il existe encore, aurait à vous dire qu'il fut le seul coupable, et qu'il le fut parce que sa mère était malheureuse, sur le point de perdre la place de... domestique dont elle vivait, et parce que l'enfant souffrait de voir sa mère malheureuse. »

Il s'exprimait avec une émotion contenue, à demi levé et penché vers la comtesse. Aucun doute ne pouvait subsister. Le chevalier Floriani n'était autre que le fils d'Henriette. Tout, dans son attitude, dans ses paroles, le proclamait. D'ailleurs n'était-ce point son intention évidente, sa volonté même d'être reconnu comme tel ?

Le comte hésita. Quelle conduite allait-il tenir envers l'audacieux personnage ? Sonner ? Provoquer un scandale ? Démasquer celui qui l'avait dépouillé jadis ? Mais il y avait si longtemps ! Et qui voudrait admettre cette histoire absurde d'enfant coupable ? Non, il valait mieux accepter la situation, en affectant de n'en point saisir le véritable sens. Et le comte, s'approchant de Floriani, s'écria avec enjouement :

« Très amusant, très curieux, votre roman. Je vous jure qu'il me passionne. Mais, suivant vous, qu'est-il devenu, ce bon jeune homme, ce modèle des fils ? J'espère qu'il ne s'est pas arrêté en si beau chemin.

— Oh ! certes, non.

— N'est-ce pas ! Après un tel début ! Prendre le Collier de la Reine à six ans, le célèbre collier que convoitait Marie-Antoinette !

— Et le prendre, observa Floriani, se prêtant au jeu du comte, le prendre sans qu'il lui en coûte le moindre désagrément, sans que personne ait l'idée d'examiner l'état des carreaux, ou s'aviser que le rebord de la fenêtre est trop propre, ce rebord qu'il avait essuyé pour effacer les traces de son passage sur l'épaisse poussière... Avouez qu'il y avait de quoi tourner la tête d'un gamin de son âge. C'est donc si facile ? Il n'y a donc qu'à vouloir et tendre la main ?... Ma foi, il voulut...

— Et il tendit la main.

— Les deux mains », reprit le chevalier en riant.

Il y eut un frisson. Quel mystère cachait la vie de ce soi-disant Floriani ? Combien extraordinaire devait être l'existence de cet aventurier, voleur génial à six ans, et qui, aujourd'hui, par un raffinement de dilettante en quête d'émotion, ou tout au plus pour satisfaire un sentiment de rancune, venait braver sa victime chez elle, audacieusement, follement, et cependant avec toute la correction d'un galant homme en visite !

Il se leva et s'approcha de la comtesse pour prendre congé. Elle réprima un mouvement de recul. Il sourit.

« Oh ! madame, vous avez peur ! aurais-je donc poussé trop loin ma petite comédie de sorcier de salon ? »

Elle se domina et répondit avec la même désinvolture un peu railleuse :

« Nullement, monsieur. La légende de ce bon fils m'a au contraire fort intéressée, et je suis heureuse que mon collier ait été l'occasion d'une destinée aussi brillante. Mais ne croyez-vous pas que le fils de cette... femme, de cette Henriette, obéissait surtout à sa vocation ? »

Il tressaillit, sentant la pointe, et répliqua :

« J'en suis persuadé, et il fallait même que cette vocation fût sérieuse pour que l'enfant ne se rebutât point.

— Et comment cela ?

— Mais oui, vous le savez, la plupart des pierres étaient fausses. Il n'y avait de vrai que les quelques diamants rachetés au bijoutier anglais, les autres ayant été vendus un à un selon les dures nécessités de la vie.

— C'était toujours le Collier de la Reine, monsieur, dit la comtesse avec hauteur, et voilà, me semble-t-il, ce que le fils d'Henriette ne pouvait comprendre.

— Il a dû comprendre, madame, que faux ou vrai, le collier était avant tout un objet de parade, une enseigne. »

M. de Dreux fit un geste. Sa femme aussitôt le prévint.

« Monsieur, dit-elle, si l'homme auquel vous faites allusion a la moindre pudeur… »

Elle s'interrompit, intimidée par le calme regard de Floriani.

Il répéta :

« Si cet homme a la moindre pudeur ?… »

Elle sentit qu'elle ne gagnerait rien à lui parler de la sorte, et malgré elle, malgré sa colère et son indignation toute frémissante d'orgueil humilié, elle lui dit presque poliment :

« Monsieur, la légende veut que Rétaux de Villette, quand il eut le Collier de la Reine entre les mains et qu'il en eut fait sauter tous les diamants avec Jeanne de Valois, n'ait point osé toucher à la monture. Il comprit que les diamants n'étaient que l'ornement, que l'accessoire, mais que la monture était l'œuvre essentielle, la création même de l'artiste, et il la respecta. Pensez-vous que cet homme ait compris également ?

— Je ne doute pas que la monture existe. L'enfant l'a respectée.

— Eh bien, monsieur, s'il vous arrive de le rencontrer, vous lui direz qu'il garde injustement une de ces reliques qui sont la propriété et la gloire de certaines familles, et qu'il a pu en arracher les pierres sans que le Collier de la Reine cessât d'appartenir à la maison de Dreux-Soubise. Il nous appartient comme notre nom, comme notre honneur. »

Le chevalier répondit simplement :

« Je le lui dirai, madame. »

Il s'inclina devant elle, salua le comte, salua les uns après les autres tous les assistants et sortit.

Quatre jours après, Mme de Dreux trouvait sur la table de sa chambre un écrin rouge aux armes du Cardinal. Elle l'ouvrit. C'était le Collier en esclavage de la Reine.

Mais comme toutes choses doivent, dans la vie d'un homme soucieux d'unité et de logique, concourir au même but – et qu'un peu de réclame n'est jamais nuisible –, le lendemain l'*Écho de France* publiait ces lignes sensationnelles :

« *Le Collier de la Reine, le célèbre bijou dérobé autrefois à la famille de Dreux-Soubise, a été retrouvé par Arsène Lupin. Arsène Lupin s'est empressé de le rendre à ses légitimes propriétaires. On ne peut qu'applaudir à cette attention délicate et chevaleresque.* »

La perle noire[1]

Un violent coup de sonnette réveilla la concierge du numéro 9 de l'avenue Hoche. Elle tira le cordon en grognant :

« Je croyais tout le monde rentré. Il est au moins trois heures ! »

Son mari bougonna :

« C'est peut-être pour le docteur. »

En effet, une voix demanda :

« Le docteur Harel... quel étage ?

— Troisième à gauche. Mais le docteur ne se dérange pas la nuit.

— Il faudra bien qu'il se dérange. »

Le monsieur pénétra dans le vestibule, monta un étage, deux étages, et, sans même s'arrêter sur le palier du docteur Harel, continua jusqu'au cinquième. Là, il essaya deux clefs. L'une fit fonctionner la serrure, l'autre le verrou de sûreté.

« À merveille, murmura-t-il, la besogne est considérablement simplifiée. Mais avant d'agir, il faut assurer notre retraite. Voyons... ai-je eu logiquement le temps de sonner chez le docteur, et d'être congédié par lui ? Pas encore... un peu de patience... »

Au bout d'une dizaine de minutes, il descendit et heurta le carreau de la loge en maugréant contre le docteur. On lui ouvrit, et il claqua la porte derrière lui. Or, cette porte ne

1. La nouvelle figure dans *Arsène Lupin, gentleman cambrioleur* (1907).

se ferma point, l'homme ayant vivement appliqué un morceau de fer sur la gâche afin que le pêne ne pût s'y introduire.

Il entra donc, sans bruit, à l'insu des concierges. En cas d'alarme, sa retraite était assurée.

Paisiblement, il remonta les cinq étages. Dans l'antichambre, à la lueur d'une lanterne électrique, il déposa son pardessus et son chapeau sur une des chaises, s'assit sur une autre, et enveloppa ses bottines d'épais chaussons de feutre.

« Ouf ! ça y est... Et combien facilement ! Je me demande un peu pourquoi tout le monde ne choisit pas le confortable métier de cambrioleur ? Avec un peu d'adresse et de réflexion, il n'en est pas de plus charmant. Un métier de tout repos... un métier de père de famille... Trop commode même... cela devient fastidieux. »

Il déplia un plan détaillé de l'appartement.

« Commençons par nous orienter. Ici, j'aperçois le rectangle du vestibule où je suis. Du côté de la rue, le salon, le boudoir et la salle à manger. Inutile de perdre son temps par là, il paraît que la comtesse a un goût déplorable... pas un bibelot de valeur !... Donc, droit au but... Ah ! voici le tracé d'un couloir, du couloir qui mène aux chambres. À trois mètres, je dois rencontrer la porte du placard aux robes qui communique avec la chambre de la comtesse. »

Il replia son plan, éteignit sa lanterne, et s'engagea dans le couloir en comptant :

« Un mètre... deux mètres... trois mètres... Voici la porte... Comme tout s'arrange, mon Dieu ! Un simple verrou, un petit verrou, me sépare de la chambre, et, qui plus est, je sais que ce verrou se trouve à un mètre quarante-trois du plancher... De sorte que, grâce à une légère incision que je vais pratiquer autour, nous en serons débarrassé... »

Il sortit de sa poche les instruments nécessaires, mais une idée l'arrêta.

« Et si, par hasard, ce verrou n'était pas poussé. Essayons toujours... Pour ce qu'il en coûte ! »

Il tourna le bouton de la serrure. La porte s'ouvrit.

« Mon brave Lupin, décidément la chance te favorise. Que te faut-il maintenant ? Tu connais la topographie des lieux où tu vas opérer ; tu connais l'endroit où la comtesse cache la perle noire... Par conséquent, pour que la perle noire t'appartienne, il s'agit tout bêtement d'être plus silencieux que le silence, plus invisible que la nuit. »

Arsène Lupin employa bien une demi-heure pour ouvrir la seconde porte, une porte vitrée qui donnait sur la chambre. Mais il le fit avec tant de précaution, qu'alors même que la comtesse n'eût pas dormi, aucun grincement équivoque n'aurait pu l'inquiéter.

D'après les indications de son plan, il n'avait qu'à suivre le contour d'une chaise longue. Cela le conduisait à un fauteuil, puis à une petite table située près du lit. Sur la table, il y avait une boîte de papier à lettres, et, enfermée tout simplement dans cette boîte, la perle noire.

Il s'allongea sur le tapis et suivit les contours de la chaise longue. Mais à l'extrémité il s'arrêta pour réprimer les battements de son cœur. Bien qu'aucune crainte ne l'agitât, il lui était impossible de vaincre cette sorte d'angoisse nerveuse que l'on éprouve dans le trop grand silence. Et il s'en étonnait, car, enfin, il avait vécu sans émotion des minutes plus solennelles. Nul danger ne le menaçait. Alors pourquoi son cœur battait-il comme une cloche affolée ? Était-ce cette femme endormie qui l'impressionnait, cette vie si voisine de la sienne ?

Il écouta et crut discerner le rythme d'une respiration. Il fut rassuré comme par une présence amie.

Il chercha le fauteuil, puis, par petits gestes insensibles, rampa vers la table, tâtant l'ombre de son bras étendu. Sa main droite rencontra un des pieds de la table.

Enfin ! il n'avait plus qu'à se lever, à prendre la perle et à s'en aller. Heureusement ! car son cœur recommençait à sauter dans sa poitrine comme une bête terrifiée, et avec un tel bruit qu'il lui semblait impossible que la comtesse ne s'éveillât point.

Il l'apaisa dans un élan de volonté prodigieux, mais, au moment où il essayait de se relever, sa main gauche heurta sur le tapis un objet qu'il reconnut tout de suite pour un flambeau, un flambeau renversé ; et aussitôt, un autre objet se présenta, une pendule, une de ces petites pendules de voyage qui sont recouvertes d'une gaine de cuir.

Quoi ? Que se passait-il ? Il ne comprenait pas. Ce flambeau… cette pendule… pourquoi ces objets n'étaient-ils pas à leur place habituelle ? Ah ! que se passait-il dans l'ombre effarante ?

Et soudain, un cri lui échappa. Il avait touché… oh ! à quelle chose étrange, innommable ! Mais non, non, la peur lui troublait le cerveau. Vingt secondes, trente secondes, il demeura immobile, épouvanté, de la sueur aux tempes. Et ses doigts gardaient la sensation de ce contact.

Par un effort implacable, il tendit le bras de nouveau. Sa main, de nouveau, effleura la chose, la chose étrange, innommable. Il la palpa. Il exigea que sa main la palpât et se rendît compte. C'était une chevelure, un visage… et ce visage était froid, presque glacé.

Si terrifiante que soit la réalité, un homme comme Arsène Lupin la domine dès qu'il en a pris connaissance. Rapidement, il fit jouer le ressort de sa lanterne. Une femme gisait devant lui, couverte de sang. D'affreuses blessures dévastaient son cou et ses épaules. Il se pencha et l'examina. Elle était morte.

« Morte, morte », répéta-t-il avec stupeur.

Et il regardait ces yeux fixes, le rictus de cette bouche, cette chair livide, et ce sang, tout ce sang qui avait coulé sur le tapis et se figeait maintenant, épais et noir.

S'étant relevé, il tourna le bouton de l'électricité, la pièce s'emplit de lumière, et il put voir tous les signes d'une lutte acharnée. Le lit était entièrement défait, les couvertures et les draps arrachés. Par terre, le flambeau, puis la pendule – les aiguilles marquaient onze heures vingt – puis, plus loin, une chaise renversée, et partout du sang, des flaques de sang.

« Et la perle noire ? » murmura-t-il.

La boîte de papier à lettres était à sa place. Il l'ouvrit vivement. Elle contenait l'écrin. Mais l'écrin était vide.

« Fichtre ! se dit-il, tu t'es vanté un peu tôt de ta chance, mon ami Arsène Lupin… La comtesse assassinée, la perle noire disparue… la situation n'est pas brillante ! Filons, sans quoi tu risques fort d'encourir de lourdes responsabilités. »

Il ne bougea pas cependant.

« Filer ? Oui, un autre filerait. Mais Arsène Lupin ? N'y a-t-il pas mieux à faire ? Voyons, procédons par ordre. Après tout, ta conscience est tranquille… Suppose que tu es commissaire de police et que tu dois procéder à une enquête... Oui, mais pour cela il faudrait avoir un cerveau plus clair. Et le mien est dans un état ! »

Il tomba sur un fauteuil, ses poings crispés contre son front brûlant.

L'affaire de l'avenue Hoche est une de celles qui nous ont le plus vivement intrigués en ces derniers temps, et je ne l'eusse certes pas racontée si la participation d'Arsène Lupin ne l'éclairait d'un jour tout spécial. Cette participation, il en est peu qui la soupçonnent. Nul ne sait en tout cas l'exacte et curieuse vérité.

Qui ne connaissait, pour l'avoir rencontrée au Bois, Léontine Zalti, l'ancienne cantatrice, épouse et veuve du comte d'Andillot, la Zalti dont le luxe éblouissait Paris, il y a quelque vingt ans, comtesse d'Andillot, à qui ses parures de diamants et de perles valaient une réputation européenne ? On disait d'elle qu'elle portait sur ses épaules le coffre-fort de plusieurs maisons de banque et les mines d'or de plusieurs compagnies australiennes. Les grands joailliers travaillaient pour la Zalti comme on travaillait jadis pour les rois et pour les reines.

Et qui ne se souvient de la catastrophe où toutes ces richesses furent englouties ? Maisons de banque et mines d'or, le gouffre dévora tout. De la collection merveilleuse, dispersée par le commissaire-priseur, il ne resta que la fameuse perle noire. La perle noire ! c'est-à-dire une fortune, si elle avait voulu s'en défaire.

Elle ne le voulut point. Elle préféra se restreindre, vivre dans un simple appartement, avec sa dame de compagnie, sa cuisinière et un domestique, plutôt que de vendre cet inestimable joyau. Il y avait à cela une raison qu'elle ne craignait pas d'avouer : la perle noire était le cadeau d'un empereur ! Et presque ruinée, réduite à l'existence la plus médiocre, elle demeura fidèle à sa compagne des beaux jours.

« Moi vivante, disait-elle, je ne la quitterai pas. »

Du matin jusqu'au soir, elle la portait à son cou. La nuit, elle la mettait dans un endroit connu d'elle seule.

Tous ces faits rappelés par les feuilles publiques[1] stimulèrent la curiosité, et, chose bizarre, mais facile à comprendre pour ceux qui ont le mot de l'énigme, ce fut précisément l'arrestation de l'assassin présumé qui compliqua le mystère et prolongea l'émotion. Le surlendemain, en effet, les journaux publiaient la nouvelle suivante :

« *On nous annonce l'arrestation de Victor Danègre, le domestique de la comtesse d'Andillot. Les charges relevées contre lui sont écrasantes. Sur la manche en lustrine de son gilet de livrée, que M. Dudouis, le chef de la Sûreté, a trouvé dans sa mansarde, entre le sommier et le matelas, on a constaté des taches de sang. En outre, il manquait à ce gilet un bouton recouvert d'étoffe. Or, ce bouton, dès le début des perquisitions, avait été ramassé sous le lit même de la victime.*

« *Il est probable qu'après le dîner, Danègre, au lieu de regagner sa mansarde, se sera glissé dans le cabinet aux robes, et que, par la porte vitrée, il a vu la comtesse cacher la perle noire.*

« *Nous devons dire que, jusqu'ici, aucune preuve n'est venue confirmer cette supposition. En tout cas, un autre point reste obscur. À sept heures du matin, Danègre s'est rendu au bureau de tabac du boulevard de Courcelles : la concierge d'abord, puis la buraliste ont témoigné dans ce sens. D'autre part, la cuisinière de la comtesse et sa dame de compagnie, qui toutes deux couchent au bout du couloir, affirment qu'à huit heures, quand elles se sont levées, la porte de l'antichambre et la porte de la cuisine étaient fermées à double tour. Depuis vingt ans au service de la comtesse, ces deux personnes sont au-dessus de tout soupçon. On se demande donc comment Danègre a pu sortir de l'appartement. S'était-il fait faire une autre clef ? L'instruction éclaircira ces différents points.* »

L'instruction n'éclaircit absolument rien, au contraire. On apprit que Victor Danègre était un récidiviste dangereux, un

1. Journaux ou gazettes.

alcoolique et un débauché, qu'un coup de couteau n'effrayait pas. Mais l'affaire elle-même semblait, au fur et à mesure qu'on l'étudiait, s'envelopper de ténèbres plus épaisses et de contradictions plus inexplicables.

D'abord une demoiselle de Sinclèves, cousine et unique héritière de la victime, déclara que la comtesse, un mois avant sa mort, lui avait confié dans une de ses lettres la façon dont elle cachait la perle noire. Le lendemain du jour où elle recevait cette lettre, elle en constatait la disparition. Qui l'avait volée ?

De leur côté, les concierges racontèrent qu'ils avaient ouvert la porte à un individu, lequel était monté chez le docteur Harel. On manda le docteur. Personne n'avait sonné chez lui. Alors qui était cet individu ? Un complice ?

Cette hypothèse d'un complice fut adoptée par la presse et par le public. Ganimard, le vieil inspecteur principal, Ganimard la défendait, non sans raison.

« Il y a du Lupin là-dessous, disait-il au juge.

— Bah ! ripostait celui-ci, vous le voyez partout, votre Lupin.

— Je le vois partout, parce qu'il est partout.

— Dites plutôt que vous le voyez chaque fois où quelque chose ne vous paraît pas très clair. D'ailleurs, en l'espèce, remarquez ceci : le crime a été commis à onze heures vingt du soir, ainsi que l'atteste la pendule, et la visite nocturne, dénoncée par les concierges, n'a eu lieu qu'à trois heures du matin. »

La justice obéit souvent à ces entraînements de conviction qui font qu'on oblige les événements à se plier à l'explication première qu'on en a donnée. Les antécédents déplorables de Victor Danègre, récidiviste, ivrogne et débauché, influencèrent le juge, et bien qu'aucune circonstance nouvelle ne vînt corroborer les deux ou trois indices primitivement découverts, rien ne put l'ébranler. Il boucla son instruction. Quelques semaines après les débats commencèrent.

Ils furent embarrassés et languissants. Le président les dirigea sans ardeur. Le ministère public attaqua mollement. Dans ces conditions, l'avocat de Danègre avait beau jeu. Il montra les lacunes et les impossibilités de l'accusation.

Nulle preuve matérielle n'existait. Qui avait forgé[1] la clef, l'indispensable clef sans laquelle Danègre, après son départ, n'aurait pu refermer à double tour la porte de l'appartement ? Qui l'avait vue, cette clef, et qu'était-elle devenue ? Qui avait vu le couteau de l'assassin, et qu'était-il devenu ?

« Et, en tout cas, concluait l'avocat, prouvez que c'est mon client qui a tué. Prouvez que l'auteur du vol et du crime n'est pas ce mystérieux personnage qui s'est introduit dans la maison à trois heures du matin. La pendule marquait onze heures, me direz-vous ? Et après ? ne peut-on mettre les aiguilles d'une pendule à l'heure qui vous convient ? »

Victor Danègre fut acquitté.

Il sortit de prison un vendredi au déclin du jour, amaigri, déprimé par six mois de cellule. L'instruction, la solitude, les débats, les délibérations du jury, tout cela l'avait empli d'une épouvante maladive. La nuit, d'affreux cauchemars, des visions d'échafaud le hantaient. Il tremblait de fièvre et de terreur.

Sous le nom d'Anatole Dufour, il loua une petite chambre sur les hauteurs de Montmartre, et il vécut au hasard des besognes, bricolant de droite et de gauche.

Vie lamentable ! Trois fois engagé par trois patrons différents, il fut reconnu et renvoyé sur-le-champ.

Souvent il s'aperçut, ou crut s'apercevoir, que des hommes le suivaient, des hommes de la police, il n'en doutait point, qui ne renonçait pas à le faire tomber dans quelque piège. Et d'avance il sentait l'étreinte rude de la main qui le prendrait au collet.

Un soir qu'il dînait chez un traiteur du quartier, quelqu'un s'installa en face de lui. C'était un individu d'une quarantaine d'années, vêtu d'une redingote noire, de propreté douteuse. Il commanda une soupe, des légumes et un litre de vin.

Et quand il eut mangé la soupe, il tourna les yeux vers Danègre et le regarda longuement.

Danègre pâlit. Pour sûr, cet individu était de ceux qui le

1. Ici au sens de faire un double.

suivaient depuis des semaines. Que lui voulait-il ? Danègre essaya de se lever. Il ne le put. Ses jambes chancelaient sous lui.

L'homme se versa un verre de vin et emplit le verre de Danègre.

« Nous trinquons, camarade ? »

Victor balbutia :

« Oui… oui… à votre santé, camarade.

— À votre santé, Victor Danègre. »

L'autre sursauta :

« Moi !… moi !… mais non… je vous jure…

— Vous me jurez quoi ? que vous n'êtes pas vous ? le domestique de la comtesse ?

— Quel domestique ? Je m'appelle Dufour. Demandez au patron.

— Dufour, Anatole, oui, pour le patron, mais Danègre pour la justice, Victor Danègre.

— Pas vrai ! Pas vrai ! on vous a menti. »

Le nouveau venu tira de sa poche une carte et la tendit. Victor lut.

« *Grimaudan, ex-inspecteur de la Sûreté. Renseignements confidentiels.* »

Il tressaillit.

« Vous êtes de la police ?

— Je n'en suis plus, mais le métier me plaisait, et je continue d'une façon plus… lucrative. On déniche de temps en temps des affaires d'or… comme la vôtre ?

— La mienne ?

— Oui, la vôtre, c'est une affaire exceptionnelle, si toutefois vous voulez bien y mettre un peu de complaisance.

— Et si je n'en mets pas ?

— Il le faudra. Vous êtes dans une situation où vous ne pouvez rien me refuser. »

Une appréhension sourde envahissait Victor Danègre. Il demanda :

« Qu'y a-t-il ?… parlez.

— Soit, répondit l'autre, finissons-en. En deux mots, voici : je suis envoyé par Mlle de Sinclèves.

— Sinclèves ?

— L'héritière de la comtesse d'Andillot.

— Eh bien ?

— Eh bien, Mlle de Sinclèves me charge de vous réclamer la perle noire.

— La perle noire ?

— Celle que vous avez volée.

— Mais je ne l'ai pas !

— Vous l'avez.

— Si je l'avais, ce serait moi l'assassin.

— C'est vous l'assassin. »

Danègre s'efforça de rire.

« Heureusement, mon bon monsieur, que la cour d'assises n'a pas été du même avis. Tous les jurés, vous entendez, m'ont reconnu innocent. Et quand on a sa conscience pour soi et l'estime de douze braves gens... »

L'ex-inspecteur lui saisit le bras :

« Pas de phrases, mon petit. Écoutez-moi bien attentivement et pesez mes paroles, elles en valent la peine. Danègre, trois semaines avant le crime, vous avez dérobé à la cuisine la clef qui ouvre la porte de service, et vous avez fait faire une clef semblable chez Outard, serrurier, 244, rue Oberkampf.

— Pas vrai, pas vrai, gronda Victor, personne n'a vu cette clef... elle n'existe pas.

— La voici. »

Après un silence, Grimaudan reprit :

« Vous avez tué la comtesse à l'aide d'un couteau à virole[1] acheté au bazar de la République[2], le jour même où vous commandiez votre clef. La lame est triangulaire et creusée d'une cannelure.

— De la blague, tout cela, vous parlez au hasard. Personne n'a vu le couteau.

— Le voici. »

1. Petite bague de métal dont on garnit l'extrémité d'un manche pour assujettir ce qui y est fixé et empêcher le bois de se fendre. 2. Grand magasin situé dans le quartier République, dans le XIe arrondissement. Le Bazar de l'Hôtel de Ville, lui, fut fondé à Paris par Xavier Ruel en 1856.

Victor Danègre eut un geste de recul. L'ex-inspecteur continua :

« Il y a dessus des taches de rouille. Est-il besoin de vous en expliquer la provenance ?

— Et après ?... vous avez une clef et un couteau... Qui peut affirmer qu'ils m'appartenaient ?

— Le serrurier d'abord, et ensuite l'employé auquel vous avez acheté le couteau. J'ai déjà rafraîchi leur mémoire. En face de vous, ils ne manqueront pas de vous reconnaître. »

Il parlait sèchement et durement, avec une précision terrifiante. Danègre était convulsé de peur. Ni le juge, ni le président des assises, ni l'avocat général ne l'avaient serré d'aussi près, n'avaient vu aussi clair dans des choses que lui-même ne discernait plus très nettement.

Cependant, il essaya encore de jouer l'indifférence.

« Si c'est là toutes vos preuves !

— Il me reste celle-ci. Vous êtes reparti, après le crime, par le même chemin. Mais, au milieu du cabinet aux robes, pris d'effroi, vous avez dû vous appuyer contre le mur pour garder votre équilibre.

— Comment le savez-vous ? bégaya Victor..., personne ne peut le savoir.

— La justice, non, il ne pouvait venir à l'idée d'aucun de ces messieurs du parquet d'allumer une bougie et d'examiner les murs. Mais si on le faisait, on verrait sur le plâtre blanc une marque rouge très légère, assez nette cependant pour qu'on y retrouve l'empreinte de la face antérieure de votre pouce, de votre pouce tout humide de sang et que vous avez posé contre le mur. Or, vous n'ignorez pas qu'en anthropométrie[1], c'est là un des principaux moyens d'identification. »

Victor Danègre était blême. Des gouttes de sueur coulaient de son front. Il considérait avec des yeux de fou cet homme étrange qui évoquait son crime comme s'il en avait été le témoin invisible.

1. L'anthropométrie judiciaire ou « bertillonnage » est une méthode d'identification des criminels à partir de leurs mensurations. Elle fut fondée en 1882 par Alphonse Bertillon (1853-1914) lorsqu'il était chef du service de l'identité judiciaire à la préfecture de police de Paris.

Il baissa la tête, vaincu, impuissant. Depuis des mois il luttait contre tout le monde. Contre cet homme-là, il avait l'impression qu'il n'y avait rien à faire.

« Si je vous rends la perle, balbutia-t-il, combien me donnerez-vous ?

— Rien.

— Comment ! vous vous moquez ! Je vous donnerais une chose qui vaut des mille et des centaines de mille, et je n'aurais rien ?

— Si, la vie. »

Le misérable frissonna. Grimaudan ajouta, d'un ton presque doux :

« Voyons, Danègre, cette perle n'a aucune valeur pour vous. Il vous est impossible de la vendre. À quoi bon la garder ?

— Il y a des receleurs… et un jour ou l'autre, à n'importe quel prix…

— Un jour ou l'autre il sera trop tard.

— Pourquoi ?

— Pourquoi ? mais parce que la justice aura remis la main sur vous, et, cette fois, avec les preuves que je lui fournirai, le couteau, la clef, l'indication de votre pouce, vous êtes fichu, mon bonhomme. »

Victor s'étreignit la tête de ses deux mains et réfléchit. Il se sentait perdu, en effet, irrémédiablement perdu, et, en même temps, une grande fatigue l'envahissait, un immense besoin de repos et d'abandon.

Il murmura :

« Quand vous la faut-il ?

— Ce soir, avant une heure.

— Sinon ?

— Sinon, je mets à la poste cette lettre où Mlle de Sinclèves vous dénonce au procureur de la République. »

Danègre se versa deux verres de vin qu'il but coup sur coup, puis se levant :

« Payez l'addition, et allons-y… j'en ai assez de cette maudite affaire. »

La nuit était venue. Les deux hommes descendirent la rue Lepic et suivirent les boulevards extérieurs en se dirigeant vers l'Étoile. Ils marchaient silencieusement, Victor, très las et le dos voûté.

Au parc Monceau, il dit :

« C'est du côté de la maison...

— Parbleu ! vous n'en êtes sorti, avant votre arrestation, que pour aller au bureau de tabac.

— Nous y sommes », fit Danègre, d'une voix sourde.

Ils longèrent la grille du jardin, et traversèrent une rue dont le bureau de tabac faisait l'encoignure. Danègre s'arrêta quelques pas plus loin. Ses jambes vacillaient. Il tomba sur un banc.

« Eh bien ? demanda son compagnon.

— C'est là.

— C'est là ! qu'est-ce que vous me chantez ?

— Oui là, devant nous.

— Devant nous ! Dites donc, Danègre, il ne faudrait pas...

— Je vous répète qu'elle est là.

— Où ?

— Entre deux pavés.

— Lesquels ?

— Cherchez.

— Lesquels ? » répéta Grimaudan.

Victor ne répondit pas.

« Ah ! parfait, tu veux me faire poser[1], mon bonhomme.

— Non... mais... je vais crever de misère.

— Et alors, tu hésites ? Allons, je serai bon prince. Combien te faut-il ?

— De quoi prendre un billet d'entrepont pour l'Amérique.

— Convenu.

— Et un billet de cent francs pour les premiers frais.

— Tu en auras deux. Parle.

— Comptez les pavés, à droite de l'égout. C'est entre le douzième et le treizième.

— Dans le ruisseau ?

— Oui, en bas du trottoir. »

1. Te moquer de moi, me faire marcher.

Grimaudan regarda autour de lui. Des tramways passaient, des gens passaient. Mais, bah ! qui pouvait se douter ?…

Il ouvrit son canif et le planta entre le douzième et le treizième pavé.

« Et si elle n'y est pas ?

— Si personne ne m'a vu me baisser et l'enfoncer, elle y est encore. »

Se pouvait-il qu'elle y fût ? La perle noire jetée dans la boue d'un ruisseau, à la disposition du premier venu ! La perle noire… une fortune !

« À quelle profondeur ?

— Elle est à dix centimètres, à peu près. »

Il creusa le sable mouillé. La pointe de son canif heurta quelque chose. Avec ses doigts, il élargit le trou.

Il aperçut la perle noire.

« Tiens, voilà tes deux cents francs. Je t'enverrai ton billet pour l'Amérique. »

Le lendemain, l'*Écho de France* publiait cet entrefilet, qui fut reproduit par les journaux du monde entier :

« *Depuis hier, la fameuse perle noire est entre les mains d'Arsène Lupin qui l'a reprise au meurtrier de la comtesse d'Andillot. Avant peu, des fac-similés de ce précieux bijou seront exposés à Londres, à Saint-Pétersbourg, à Calcutta, à Buenos Aires et à New York.*

« *Arsène Lupin attend les propositions que voudront bien lui faire ses correspondants.* »

« Et voilà comme quoi le crime est toujours puni et la vertu récompensée, conclut Arsène Lupin, lorsqu'il m'eut révélé les dessous de l'affaire.

— Et voilà comme quoi, sous le nom de Grimaudan, ex-inspecteur de la Sûreté, vous fûtes choisi par le destin pour enlever au criminel le bénéfice de son forfait.

— Justement. Et j'avoue que c'est une des aventures dont je suis le plus fier. Les quarante minutes que j'ai passées dans l'appartement de la comtesse, après avoir constaté sa mort, sont parmi les plus étonnantes et les plus profondes de ma vie. En quarante minutes, empêtré dans la situation la plus inextricable, j'ai reconstitué le crime, j'ai acquis la certitude, à l'aide de quelques indices, que le coupable ne pouvait être qu'un domestique de la comtesse. Enfin, j'ai compris que, pour avoir la perle, il fallait que ce domestique fût arrêté – et j'ai laissé le bouton de gilet –, mais qu'il ne fallait pas qu'on relevât contre lui des preuves irrécusables de sa culpabilité – et j'ai ramassé le couteau oublié sur le tapis, emporté la clef oubliée sur la serrure, fermé la porte à double tour, et effacé les traces des doigts sur le plâtre du cabinet aux robes. À mon sens, ce fut là un de ces éclairs…

— De génie, interrompis-je.

— De génie, si vous voulez, et qui n'eût pas illuminé le cerveau du premier venu. Deviner en une seconde les deux termes du problème – une arrestation et un acquittement –, me servir de l'appareil formidable de la justice pour détraquer mon homme, pour l'abêtir, bref, pour le mettre dans un état d'esprit tel, qu'une fois libre, il devait inévitablement, fatalement, tomber dans le piège un peu grossier que je lui tendais !…

— Un peu ? dites beaucoup, car il ne courait aucun danger.

— Oh ! pas le moindre, puisque tout acquittement est une chose définitive.

— Pauvre diable…

— Pauvre diable… Victor Danègre ! vous ne songez pas que c'est un assassin ? Il eût été de la dernière immoralité que la perle noire lui restât. Il vit, pensez donc, Danègre vit !

— Et la perle noire est à vous. »

Il la sortit d'une des poches secrètes de son portefeuille, l'examina, la caressa de ses doigts et de ses yeux, et il soupirait :

« Quel est le boyard[1], quel est le rajah[2] imbécile et vaniteux qui possédera ce trésor ? À quel milliardaire américain est destiné le petit morceau de beauté et de luxe qui ornait les blanches épaules de Léontine Zalti, comtesse d'Andillot ?… »

1. Noble, en Russie. 2. En Inde, souverain d'une principauté indépendante.

Au sommet de la tour[1]

Hortense Daniel entrouvrit sa fenêtre et chuchota :

« Vous êtes là, Rossigny ?

— Je suis là », fit une voix qui montait des massifs entassés au pied du château.

Se penchant un peu, elle vit un homme assez gros qui levait vers elle une figure épaisse, rouge, encadrée d'un collier de barbe trop blonde.

« Eh bien ? dit-il.

— Eh bien, hier soir, grande discussion avec mon oncle et ma tante. Ils refusent décidément de signer la transaction dont mon notaire leur avait envoyé le projet et de me rendre la dot que mon mari a dissipée avant son internement.

— Votre oncle, qui avait voulu ce mariage, est pourtant responsable, d'après les termes du contrat.

— N'importe. Je vous dis qu'il refuse…

— Alors ?

— Alors êtes-vous toujours résolu à m'enlever ? demanda-t-elle en riant.

— Plus que jamais.

— En tout bien tout honneur, ne l'oubliez pas !

— Tout ce que vous voudrez. Vous savez bien que je suis fou de vous.

— C'est que, par malheur, je ne suis pas folle de vous.

— Je ne vous demande pas d'être folle de moi, mais simplement de m'aimer un peu.

1. La nouvelle figure dans *Les Huit Coups de l'horloge* (1923).

— Un peu ? Vous êtes beaucoup trop exigeant.

— En ce cas, pourquoi m'avoir choisi ?

— Le hasard. Je m'ennuyais... Ma vie manquait d'imprévu... Alors je me risque... Tenez, voici mes bagages. »

Elle laissa glisser d'énormes sacs de cuir que Rossigny reçut dans ses bras.

« Le sort en est jeté, murmura-t-elle. Allez m'attendre avec votre auto au carrefour de l'If. Moi, j'irai à cheval.

— Fichtre ! je ne peux pourtant pas enlever votre cheval.

— Il reviendra tout seul.

— Parfait !... Ah ! à propos...

— Qu'y a-t-il ?

— Qu'est-ce donc que ce prince Rénine qui est là depuis trois jours et que personne ne connaît ?

— Je ne sais pas. Mon oncle l'a rencontré à la chasse, chez des amis, et l'a invité.

— Vous lui plaisez beaucoup. Hier vous avez fait une grande promenade avec lui. C'est un homme qui ne me revient pas.

— Dans deux heures, j'aurai quitté le château en votre compagnie. C'est un scandale qui refroidira probablement Serge Rénine. Et puis assez causé. Nous n'avons pas de temps à perdre. »

Durant quelques minutes, elle regarda le gros Rossigny qui, pliant sous le poids des sacs, s'éloignait à l'abri d'une allée déserte, puis elle referma la fenêtre.

Dehors, loin dans le parc, une fanfare de cors sonnait le réveil. La meute éclatait en aboiements furieux. C'était l'ouverture[1], ce matin-là, au château de La Marèze, où tous les ans, vers le début de septembre, le comte d'Aigleroche, grand chasseur devant l'Éternel, et la comtesse réunissaient quelques amis et les châtelains des environs.

Hortense acheva lentement sa toilette, revêtit une amazone[2] qui dessinait sa taille souple, se coiffa d'un feutre dont le large bord encadrait son beau visage aux cheveux roux, et s'assit devant son secrétaire, où elle écrivit à son oncle, M. d'Aigleroche, une lettre d'adieu qui devait être remise

1. De la chasse. 2. Jupe longue et ample de cavalière.

le soir. Lettre difficile qu'elle recommença plusieurs fois et à laquelle, finalement, elle renonça.

« Je lui écrirai plus tard, se disait-elle, quand sa colère aura passé. »

Et elle se rendit dans la haute salle à manger.

D'énormes bûches flambaient au creux de l'âtre. Des panoplies de fusils et de carabines ornaient les murs. De toutes parts, les invités affluaient et venaient serrer la main du comte d'Aigleroche, un de ces types de gentilshommes campagnards, lourds d'aspect, puissants d'encolure, qui ne vivent que pour la chasse. Debout devant la cheminée, un grand verre de fine champagne à la main, il trinquait.

Hortense l'embrassa distraitement.

« Comment ! mon oncle, vous, si sobre d'ordinaire…

— Bah ! dit-il, une fois l'an… on peut bien se permettre quelque excès…

— Ma tante vous grondera.

— Ta tante a sa migraine et ne descendra pas. D'ailleurs, ajouta-t-il d'un ton bourru, cela ne la regarde pas… et toi encore moins, ma petite. »

Le prince Rénine s'approcha d'Hortense. C'était un homme jeune, d'une grande élégance, le visage mince et un peu pâle, et dont les yeux avaient tour à tour l'expression la plus douce et la plus dure, la plus aimable et la plus ironique.

Il s'inclina devant la jeune femme, lui baisa la main et lui dit :

« Je vous rappelle votre bonne promesse, chère madame ?

— Ma promesse ?

— Oui, il était convenu entre nous que nous recommencerions notre belle promenade d'hier, et que nous essayerions de visiter cette vieille demeure barricadée dont l'aspect nous avait intrigués… ce qu'on appelle, paraît-il, le domaine de Halingre. »

Elle répliqua avec une certaine sécheresse :

« Tous mes regrets, monsieur, mais l'excursion serait longue et je suis un peu lasse. Je fais un tour dans le parc et je rentre. »

Il y eut un silence entre eux, et Serge Rénine prononça en souriant, les yeux fixés aux siens, et de manière qu'elle seule entendît :

« Je suis sûr que vous tiendrez votre parole et que vous m'accepterez comme compagnon. C'est préférable.

— Pour qui ? Pour vous, n'est-ce pas ?

— Pour vous aussi, je vous l'affirme. »

Elle rougit légèrement et riposta :

« Je ne comprends pas, monsieur.

— Je ne vous propose pourtant aucune énigme. La route est charmante, le domaine de Halingre intéressant. Nulle autre promenade ne vous apporterait le même agrément.

— Vous ne manquez pas de fatuité, monsieur.

— Ni d'obstination, madame. »

Elle eut un geste irrité, mais dédaigna de répondre. Lui tournant le dos, elle donna quelques poignées de main autour d'elle et sortit de la pièce.

Au bas du perron, un groom[1] tenait son cheval. Elle se mit en selle et s'en alla vers les bois qui continuaient le parc.

Le temps était frais et calme. Entre les feuilles qui frissonnaient à peine, apparaissait un ciel de cristal bleu. Hortense suivait au pas des allées sinueuses qui la conduisirent, au bout d'une demi-heure, dans une région de ravins et d'escarpements que traversait la grand-route.

Elle s'arrêta. Aucun bruit. Rossigny avait dû éteindre son moteur et cacher sa voiture dans les fourrés qui environnent le carrefour de l'If.

Cinq cents mètres au plus la séparaient de ce rond-point. Après quelques instants d'hésitation, elle mit pied à terre, attacha négligemment son cheval afin qu'au moindre effort il pût se délivrer et revenir au château, enveloppa son visage avec un long voile marron qui flottait sur ses épaules, et s'avança.

Elle ne s'était pas trompée. Au premier tournant, elle aperçut Rossigny. Il courut à elle et l'entraîna dans le taillis.

« Vite, vite. Ah ! j'avais si peur d'un retard... ou même d'un changement de décision !... Et vous voilà ! Est-ce possible ? »

Elle souriait.

1. Ici au sens de jeune laquais d'écurie.

« Ce que vous êtes heureux de faire une bêtise !

— Si je suis heureux ! Et vous le serez aussi, je le jure !

— Peut-être, mais je ne ferai pas de bêtise, moi !

— Vous agirez à votre guise, Hortense. Votre vie sera un conte de fées.

— Et vous, le prince charmant !

— Vous aurez tout le luxe, toutes les richesses…

— Je ne veux ni luxe ni richesses.

— Quoi, alors ?

— Le bonheur.

— Votre bonheur, j'en réponds. »

Elle plaisanta :

« Je doute un peu de la qualité du bonheur que j'aurai par vous.

— Vous verrez… Vous verrez… »

Ils étaient arrivés près de l'automobile. Rossigny, tout en bégayant des mots de joie, mit en mouvement le moteur. Hortense monta et se couvrit d'un vaste manteau. La voiture suivit sur l'herbe l'étroit sentier qui la ramena au carrefour, et Rossigny accélérait la vitesse, lorsque subitement il dut freiner.

Un coup de feu avait claqué dans le bois voisin, sur la droite. L'auto allait de côté et d'autre.

« C'est une crevaison, un pneu d'avant, proféra Rossigny, qui sauta à terre.

— Mais pas du tout ! s'écria Hortense. On a tiré.

— Impossible, chère amie. Voyons, que dites-vous ! »

Au même moment, il y eut deux légers chocs et deux autres détonations retentirent, coup sur coup, assez loin, toujours dans le bois.

Rossigny grinça :

« Les pneus d'arrière… crevés… Mais, bougre de sort, quel est le bandit ?… Si je le tenais, celui-là ! »

Il escalada le talus qui bordait la route. Personne. D'ailleurs les feuilles du taillis cachaient la vue.

« Crebleu de crebleu ! jura-t-il. Vous aviez raison… on tirait sur l'auto ! Ah ! elle est raide[1] ! Nous voilà bloqués

1. Expression familière, équivalent de « c'est un peu fort ! » (difficile à supporter).

pour des heures ! Trois pneus à réparer !... Mais que faites-vous donc, chère amie ? »

À son tour, la jeune femme descendait de voiture. Elle courut vers lui, tout agitée.

« Je m'en vais...

— Mais pourquoi ?

— Je veux savoir. On a tiré. Qui ? Je veux savoir...

— Ne nous séparons pas, je vous en supplie...

— Croyez-vous que je vais vous attendre pendant des heures ?

— Mais notre départ ?... nos projets ?...

— Demain... nous en reparlerons... Rentrez au château... Rapportez les valises...

— Je vous en prie, je vous en prie... Ce n'est pourtant pas de ma faute. Vous avez l'air de m'en vouloir.

— Je ne vous en veux pas. Mais, sapristi, quand on enlève une femme, on ne crève pas, mon cher. À tout à l'heure. »

En hâte elle s'en alla, eut la chance de retrouver son cheval, et partit au galop dans une direction opposée à La Marèze.

Pour elle, il n'y avait pas le moindre doute : les trois coups de feu avaient été tirés par le prince Rénine...

« C'est lui, murmura-t-elle avec colère, c'est lui... il n'y a que lui qui soit capable d'agir ainsi... »

Ne l'en avait-il pas prévenue, du reste, avec une autorité souriante ?

« Vous viendrez, j'en suis sûr... Je vous attends. »

Elle pleurait de rage et d'humiliation. À ce moment, elle se fût trouvée en face du prince Rénine qu'elle l'eût cravaché.

Devant elle s'étendait l'âpre et pittoresque contrée qui couronne, au nord, le département de la Sarthe et qu'on dénomme la petite Suisse. Des pentes rudes l'obligeaient souvent à ralentir, d'autant plus qu'il lui fallait parcourir une dizaine de kilomètres pour atteindre le but qu'elle s'était assigné. Mais, si son élan devenait moins emporté, si l'effort physique s'apaisait peu à peu, elle n'en persistait pas moins dans sa révolte contre le prince Rénine. Elle lui en voulait, non seulement de l'acte inqualifiable qu'il avait commis, mais aussi de sa conduite envers elle depuis trois jours, de ses assiduités, de son assurance, de son air d'excessive politesse.

Elle approchait. Au fond d'une vallée, un vieux mur d'enceinte, fendu de lézardes, habillé de mousse et d'herbes folles, laissait voir le clocheton d'un château et quelques fenêtres closes de leurs volets. C'était le domaine de Halingre.

Elle suivit le mur et tourna. Au centre de la demi-lune qui s'arrondissait devant la porte d'entrée, Serge Rénine attendait, debout, près de son cheval.

Elle sauta à terre et, comme il s'avançait vers elle le chapeau à la main et la remerciait d'être venue, elle s'écria :

« Avant tout, monsieur, un mot. Il s'est passé tout à l'heure un fait inexplicable. On a tiré trois coups de feu sur une automobile où je me trouvais. Ces coups de feu ont-ils été tirés par vous ?

— Oui. »

Elle parut interdite.

« Alors, vous avouez ?

— Vous me posez une question, madame, j'y réponds.

— Mais, comment avez-vous osé ?... De quel droit ?...

— Je n'ai pas exercé un droit, madame, j'ai obéi à un devoir.

— En vérité ! Et à quel devoir ?

— Le devoir de vous protéger contre un homme qui cherche à exploiter la détresse de votre vie.

— Monsieur, je vous défends de parler ainsi. Je suis responsable de mes actions, et c'est en toute liberté que j'ai pris ma décision...

— Madame, j'ai entendu ce matin la conversation que vous avez eue, de votre fenêtre, avec M. Rossigny, et il ne m'a pas semblé que vous le suiviez de gaieté de cœur. Je reconnais toute la brutalité et le mauvais goût de mon intervention et je m'en excuse humblement, mais j'ai voulu, au risque de passer pour un goujat, vous accorder quelques heures de réflexion.

— C'est tout réfléchi, monsieur. Quand j'ai résolu une chose, je ne change pas d'avis.

— Si, madame, quelquefois, puisque vous êtes ici au lieu d'être là-bas. »

La jeune femme eut un moment de gêne. Toute sa colère était tombée. Elle regardait Rénine avec cet étonnement que l'on éprouve en face de certains êtres différents des autres, plus capables d'actes inaccoutumés, plus généreux et plus désintéressés. Elle se rendait parfaitement compte qu'il agissait sans arrière-pensée ni calcul, simplement, comme il le disait, par devoir de galant homme envers une femme qui se trompe de chemin.

Très doucement, il lui dit :

« Je sais très peu de choses sur vous, madame, assez cependant pour que j'aie le désir de vous être utile. Vous avez vingt-six ans et vous êtes orpheline. Il y a sept ans, vous avez épousé le neveu par alliance du comte d'Aigleroche, lequel neveu, assez bizarre d'esprit, à moitié fou, a dû être enfermé. D'où impossibilité pour vous de divorcer, et obligation, votre dot ayant été dissipée, de vivre à la charge de votre oncle et auprès de lui. Le milieu est triste, le comte et la comtesse ne s'accordant pas. Jadis le comte a été abandonné par sa première femme, laquelle s'est enfuie avec le premier mari de la comtesse. Les deux époux délaissés ont, par dépit, uni leurs destinées, mais n'ont trouvé dans ce mariage que déceptions et rancœurs. Vous en subissez le contrecoup. Vie monotone, étriquée, solitaire pendant plus de onze mois sur douze. Un jour, vous avez rencontré M. Rossigny qui s'est épris de vous et vous a proposé la fuite. Vous ne l'aimiez pas. Mais l'ennui, votre jeunesse qui se perd, le besoin d'imprévu, le désir de l'aventure… bref, vous avez accepté avec l'intention très nette d'éconduire votre amoureux, mais avec l'espoir un peu naïf que ce scandale forcerait votre oncle à vous rendre des comptes et à vous assurer une existence indépendante. Voilà où vous en êtes. À l'heure actuelle, il faut choisir : ou bien vous mettre entre les mains de M. Rossigny… ou bien vous confier à moi. »

Elle leva les yeux sur lui. Que voulait-il dire ? Que signifiait cette offre qu'il fit gravement, comme un ami qui ne demande qu'à se dévouer ?

Après un silence, il prit les deux chevaux par la bride et les attacha. Puis il examina la lourde porte dont chacun des battants était renforcé par deux planches clouées en forme de croix. Une affiche électorale, datée de vingt ans, montrait que personne depuis cette époque n'avait franchi le seuil du domaine.

Rénine arracha un des poteaux de fer qui soutenaient un grillage tendu autour de la demi-lune et l'utilisa comme levier. Les planches pourries cédèrent. L'une d'elles démasqua la serrure qu'il attaqua au moyen d'un couteau épais, muni de lames nombreuses et d'outils. Une minute plus tard, la porte s'ouvrait sur un champ de fougères qui s'étendait jusqu'à une longue bâtisse délabrée que dominait, entre quatre clochetons d'angle, une sorte de belvédère construit sur une tourelle.

Le prince se retourna vers Hortense.

« Rien ne vous presse, dit-il. Ce soir, vous prendrez votre décision, et si M. Rossigny parvient une seconde fois à vous convaincre, je vous jure sur l'honneur que vous ne me trouverez pas en travers de votre chemin. Jusque-là, accordez-moi votre présence. Nous avons résolu hier de visiter le château, visitons-le, voulez-vous ? C'est une manière comme une autre de passer le temps et j'ai idée que celle-ci ne manquera pas d'intérêt. »

Il avait une manière de parler qui commandait l'obéissance. Il semblait à la fois ordonner et implorer. La jeune femme n'essaya même pas de secouer l'engourdissement où sa volonté sombrait peu à peu. Elle le suivit vers un perron à moitié démoli, au haut duquel on apercevait une porte également renforcée de planches en croix.

Rénine procéda de la même manière. Ils entrèrent dans un large vestibule, dallé de noir et de blanc, meublé de dressoirs[1] anciens et de stalles d'église, et orné d'un écusson de bois où se voyaient des vestiges d'armoiries représentant un aigle cramponné à un bloc de pierre, tout cela sous un tissu de toiles d'araignée qui pendaient sur une porte.

1. Étagères, buffets où sont dressés et exposés des objets faisant partie du service de la table, comme de la vaisselle ou des récipients.

« La porte du salon, évidemment », affirma Rénine.

L'ouverture en fut plus difficile, et ce n'est qu'en l'ébranlant à coups d'épaule qu'il réussit à pousser l'un des battants.

Hortense n'avait pas prononcé une parole. Elle assistait non sans étonnement à cette suite d'effractions exécutées avec une véritable maîtrise. Il devina sa pensée et, se retournant, lui dit d'un ton sérieux :

« C'est un jeu d'enfant pour moi. J'ai été serrurier. »

Elle lui saisit le bras tout en murmurant :

« Écoutez.

— Quoi ? » fit-il.

Elle accentua son étreinte, exigeant le silence. Presque aussitôt, il murmura :

« En effet, c'est étrange.

— Écoutez... écoutez... répéta Hortense stupéfaite. Oh ! est-ce possible ? »

Ils entendaient, non loin d'eux, un bruit sec, le bruit d'un petit choc revenant à intervalles réguliers, et il leur suffit de prêter l'oreille avec attention pour reconnaître le tic-tac d'une horloge. Vraiment, oui, c'était cela qui scandait le grand silence du salon obscur, c'était bien le tic-tac très lent, rythmé comme le battement d'un métronome, que produit un lourd balancier de cuivre. C'était cela. Et rien ne pouvait leur paraître plus impressionnant que la pulsation mesurée de ce petit mécanisme qui avait continué de vivre dans la mort du château... par quel miracle ? par quel phénomène inexplicable ?

« Pourtant, balbutia Hortense, qui n'osait élever la voix, pourtant personne n'est entré ?...

— Personne.

— Et il est inadmissible que cette horloge ait pu marcher pendant vingt ans sans être remontée ?

— Inadmissible.

— Alors ? »

Serge Rénine ouvrit les trois fenêtres et en força les volets.

Ils se trouvaient bien dans un salon, et ce salon n'offrait pas la moindre trace de désordre. Les sièges étaient à leur place. Aucun des meubles ne manquait. Les gens qui l'habitaient, et qui en avaient fait la pièce la plus intime de leur demeure, étaient partis sans rien emporter, ni des livres qu'ils lisaient, ni des bibelots rangés sur les tables ou sur les consoles.

Rénine examina la vieille horloge de campagne, enfermée dans sa haute gaine sculptée qui laissait voir, par une vitre ovale, le disque du balancier. Il ouvrit : les poids, pendus aux cordes, étaient au bout de leur course.

À ce moment, il y eut un déclic. L'horloge sonna huit fois, d'une voix grave que la jeune femme ne devait jamais oublier.

« Quel prodige ! murmura-t-elle.

— Un vrai prodige, en effet, déclara-t-il, car le mécanisme, très simple, ne permet guère qu'un mouvement d'une semaine.

— Et vous ne voyez rien de particulier ?

— Non, rien… ou du moins… »

Il se pencha et, du fond de la gaine, il tira un tube de métal que les poids dissimulaient, et qu'il tourna vers le jour.

« Une longue-vue, dit-il pensivement… Pourquoi l'a-t-on cachée là ?… Et on l'a laissée dans toute sa longueur… C'est bizarre… Que signifie ?… »

Une seconde fois, selon l'habitude, l'horloge se mit à sonner. Huit coups retentirent, Rénine referma la gaine, et, sans se dessaisir de la longue-vue, continua son inspection. Une large baie faisait communiquer le salon avec une pièce plus petite, sorte de fumoir, meublée elle aussi, mais où cependant il y avait une vitrine à fusils dont le râtelier était vide. Accroché au panneau voisin, un calendrier montrait une date : le 5 septembre.

« Ah ! s'écria Hortense confondue, la même date qu'aujourd'hui !… Ils ont arraché les feuilles de leur calendrier jusqu'au 5 septembre… Et c'est l'anniversaire de ce jour ! Quel hasard inouï !

— Inouï, prononça-t-il… c'est l'anniversaire de leur départ… il y a aujourd'hui vingt ans…

— Avouez, dit-elle, que tout cela est incompréhensible.

— Oui… évidemment… mais tout de même…

— Vous avez quelque idée ?… »

Il répondit au bout de quelques secondes :

« Ce qui m'intrigue, c'est cette longue-vue cachée... jetée là, au dernier moment... À quoi servait-elle ? Des fenêtres du rez-de-chaussée, on ne voit que les arbres du jardin... et sans doute aussi de toutes les fenêtres... Nous sommes dans une vallée, sans le moindre horizon... Pour se servir de cet instrument, il fallait monter tout en haut... Voulez-vous que nous montions ? »

Elle n'hésita pas. Le mystère qui se dégageait de toute l'aventure excitait si vivement sa curiosité qu'elle ne songeait qu'à suivre Rénine et à le seconder dans ses recherches.

Ils montèrent donc l'escalier principal et parvinrent au second étage, sur une plate-forme où s'amorçait l'escalier en spirale du belvédère.

Là-haut, c'était une terrasse en plein air, mais entourée d'un parapet qui s'élevait à plus de deux mètres.

« Cela devait former autrefois des créneaux que l'on a remplis depuis, remarqua le prince Rénine. Tenez, il fut un temps où il y avait des meurtrières. Elles ont été bouchées.

— En tout cas, dit-elle, ici également la longue-vue était inutile, et nous n'avons plus qu'à redescendre.

— Je ne suis pas de votre avis, dit-il. Logiquement il devait y avoir quelque échappée sur la campagne, et logiquement c'est ici que la longue-vue était utilisée. »

À la force des poignets, il se hissa jusqu'au faîte du parapet, et il put voir que, de là, on apercevait toute la vallée, le parc, dont les grands arbres limitaient l'horizon, et, assez loin, au bout d'une coupure dans une colline boisée, une autre tour en ruine, très basse, emmaillotée de lierre, et qui était peut-être à sept ou huit cents mètres de distance.

Rénine reprit son examen. On eût dit que pour lui tout le problème se résumait dans l'emploi de la longue-vue, et que ce problème serait immédiatement résolu si l'on pouvait découvrir la façon dont elle était employée.

Il étudia une à une les meurtrières. L'une d'elles, ou plutôt l'emplacement de l'une d'elles, attira surtout son attention. Il existait, au milieu de la couche de plâtre qui devait servir à la boucher, un creux rempli de terre et où des plantes avaient poussé.

Il arracha ces plantes et enleva cette terre, ce qui débarrassa l'orifice d'un trou de vingt centimètres de diamètre, qui perçait le mur de part en part. S'étant penché, Rénine constata que cette fissure, étroite et profonde, dirigeait fatalement le regard, par-dessus le sommet tassé des arbres et suivant la coupure de la colline, jusqu'à la tour de lierre.

Au fond de ce conduit, dans une sorte de rainure qui courait comme une rigole, la longue-vue trouva sa place, et si exactement qu'il eût été impossible de la bouger, si peu que ce fût, vers la droite ou vers la gauche…

Rénine, qui avait essuyé la partie extérieure des lentilles, tout en prenant soin de ne pas déranger d'une ligne le point de mire, appliqua son œil au petit bout de l'instrument.

Il resta trente ou quarante secondes, attentif et silencieux. Puis il se releva, et prononça d'une voix altérée :

« C'est effroyable… En vérité, c'est effroyable…

— Qu'y a-t-il donc ? demanda-t-elle anxieusement.

— Regardez… »

Elle se courba, mais, pour elle, l'image n'étant pas nette, il fallut mettre l'instrument à sa vue. Presque aussitôt elle dit avec un frisson :

« Ce sont deux épouvantails, n'est-ce pas ? tous deux perchés là-haut ?… Mais pourquoi ?

— Regardez, répéta-t-il, regardez plus attentivement. Sous les chapeaux… les visages.

— Oh ! fit-elle, en défaillant, quelle horreur ! »

Le champ de la lunette offrait, découpé en rond comme une projection lumineuse, ce spectacle : la plate-forme d'une tour tronquée, dont le mur, plus haut dans la partie la plus éloignée, formait comme une toile de fond, d'où déferlaient des vagues de lierre. Devant, au milieu d'un fouillis d'arbustes, deux êtres, un homme et une femme appuyés, renversés contre un écroulement de pierres.

Mais pouvait-on appeler homme et femme ces deux formes, ces deux mannequins sinistres, qui portaient bien des vêtements et des vestiges de chapeaux, mais qui n'avaient plus d'yeux, plus de joues, plus de menton, plus une parcelle de chair, et qui étaient strictement et réellement deux squelettes ?…

« Deux squelettes, balbutia Hortense… deux squelettes habillés… Qui les a transportés là ?

— Personne.

— Cependant…

— Cet homme et cette femme ont dû mourir en haut de cette tour, il y a des années et des années… et, sous les vêtements, les chairs se sont pourries, les corbeaux les ont dévorées…

— Mais c'est affreux ! c'est affreux ! » dit Hortense qui était toute pâle et dont la figure se crispait de dégoût.

Une demi-heure plus tard, Hortense Daniel et Serge Rénine quittaient le château de Halingre. Avant de partir, ils avaient poussé jusqu'à la tour de lierre, reste d'un vieux donjon aux trois quarts démoli. L'intérieur était vide. On devait y monter, à une époque relativement récente, par des échelles et des escaliers de bois dont les débris gisaient sur le sol. La tour s'adossait au mur qui marquait l'extrémité du parc.

Chose bizarre, et qui surprit Hortense, le prince Rénine avait négligé de poursuivre une enquête plus minutieuse, comme si l'affaire eût perdu pour lui tout intérêt. Il n'en parlait même plus, et, dans l'auberge du village le plus proche, où on leur servit quelques aliments, ce fut elle qui interrogea l'aubergiste sur le château abandonné. Vainement d'ailleurs, car cet homme, nouveau dans la contrée, ne put fournir aucune indication. Il ignorait même le nom du propriétaire.

Ils reprirent la route de La Marèze. Plusieurs fois Hortense rappela l'ignoble vision contemplée. Mais Rénine, très gai, rempli de prévenances pour sa compagne, semblait tout à fait indifférent à ces questions.

« Enfin, quoi ! s'écria-t-elle impatientée, il est impossible d'en rester là ! Une solution s'impose.

— En effet, dit-il, une solution s'impose. Il faut que M. Rossigny sache à quoi s'en tenir et que vous preniez une décision à son égard. »

Elle haussa les épaules.

« Eh ! il s'agit bien de cela. Pour aujourd'hui…

— Pour aujourd'hui ?

— Il s'agit de savoir ce que c'est que ces deux cadavres.

— Cependant, Rossigny…

— Rossigny attendra. Mais moi, je ne peux pas attendre.

— Soit. D'autant plus qu'il n'a peut-être pas encore fini de réparer ses pneus. Mais que lui direz-vous ? C'est cela l'essentiel.

— L'essentiel, c'est ce que nous avons vu. Vous m'avez mise en face d'un mystère en dehors duquel rien ne compte plus. Voyons, quelles sont vos intentions ?

— Mes intentions ?

— Oui, voici deux cadavres... Vous allez prévenir la justice, n'est-ce pas ?

— Bonté céleste ! dit-il en riant, pour quoi faire ?

— Mais il y a là une énigme que l'on doit à tout prix éclaircir... un drame effrayant...

— Nous n'avons besoin de personne pour cela.

— Comment ? Que dites-vous ? Vous y comprenez quelque chose ?

— Mon Dieu, à peu près aussi clairement que si j'avais lu dans un livre une histoire longuement racontée avec illustrations à l'appui. Tout cela est d'une simplicité ! »

Elle l'examina du coin de l'œil, se demandant s'il se moquait d'elle. Mais il avait l'air fort sérieux.

« Et alors ? » dit-elle toute frémissante.

Le jour commençait à baisser. Ils avaient marché rapidement et lorsqu'ils approchèrent de La Marèze, les chasseurs s'en revenaient.

« Alors, dit-il, nous allons compléter nos renseignements auprès des personnes habitant le pays... Connaissez-vous quelqu'un qui soit qualifié ?...

— Mon oncle. Il n'a jamais quitté cette région.

— Parfaitement. Nous interrogerons M. d'Aigleroche, et vous verrez avec quelle logique rigoureuse tous ces faits s'enchaînent les uns aux autres. Quand on tient le premier anneau, on est obligé, qu'on le veuille ou non, d'atteindre le dernier. Je ne connais rien de plus amusant. »

Au château, ils se séparèrent. Hortense trouva ses bagages et une lettre furieuse de Rossigny par laquelle il lui faisait ses adieux et lui annonçait son départ.

« Béni soit-il, se dit Hortense, ce ridicule personnage a découvert la meilleure solution. »

Son flirt avec lui, son escapade, ses projets, elle avait tout oublié. Rossigny lui semblait beaucoup plus étranger à sa vie que ce déconcertant Rénine qui lui inspirait, quelques heures auparavant, si peu de sympathie.

Rénine vint frapper à sa porte.

« Votre oncle est dans sa bibliothèque, dit-il. Voulez-vous m'accompagner ? Je l'ai prévenu de ma visite. »

Elle le suivit.

Il ajouta :

« Un mot encore. Ce matin, en contrariant vos projets et en vous suppliant de vous confier à moi, j'ai pris par là même, à votre égard, un engagement dont je ne veux pas tarder à m'acquitter, vous allez en avoir la preuve formelle.

— Vous n'avez pris qu'un engagement, dit-elle en riant, celui de satisfaire ma curiosité.

— Elle sera satisfaite, affirma-t-il avec gravité, et bien au-delà de tout ce que vous pouvez concevoir, si M. d'Aigleroche confirme mes raisonnements. »

M. d'Aigleroche était seul, en effet. Il fumait sa pipe et buvait du sherry[1]. Il en offrit un verre à Rénine qui refusa.

« Et toi, Hortense ? fit-il, la voix un peu pâteuse. Tu sais qu'ici on ne s'amuse guère que durant ces journées de septembre. Profites-en. Tu as fait une bonne promenade avec Rénine ?

— C'est à ce sujet précisément que je voudrais vous parler, cher monsieur, interrompit le prince.

— Vous m'excuserez, mais dans dix minutes je dois aller à la gare chercher une amie de ma femme.

— Oh ! dix minutes me suffisent amplement.

— Juste le temps de fumer une cigarette, alors ?

— Pas davantage. »

Il prit une cigarette dans la boîte que lui offrait M. d'Aigleroche, l'alluma et lui dit :

« Figurez-vous que le hasard de cette promenade nous a conduits jusqu'à un vieux domaine que vous connaissez évidemment, le domaine de Halingre ?

— Certes. Mais il est fermé, barricadé depuis un quart de siècle, je crois. Vous n'avez pas pu entrer ?

1. Nom anglais du xérès, vin espagnol (*jerez*) prisé en Angleterre, notamment dans les milieux académiques, et en France dans les classes aisées.

— Si.

— Allons donc ! Visite intéressante ?

— Extrêmement. Nous avons découvert les choses les plus étranges.

— Quelles choses ? » demanda le comte qui regardait sa montre.

Rénine raconta :

« Des pièces barricadées, un salon qu'on avait laissé dans son ordre de vie quotidienne, une pendule qui, par miracle, sonna notre arrivée…

— De bien petits détails, murmura M. d'Aigleroche.

— Il y a mieux, en effet. Nous sommes montés au haut du belvédère, et, de là, nous avons vu, sur une tour, assez loin du château… nous avons vu deux cadavres, deux squelettes plutôt… un homme et une femme que recouvrent encore les vêtements qu'ils portaient quand ils ont été assassinés…

— Oh ! oh ! assassinés ? simple supposition…

— Certitude ; et c'est à ce propos que nous sommes venus vous importuner. Ce drame, qui justement doit remonter à une vingtaine d'années, n'a-t-il pas été connu à cette époque ?

— Ma foi, non, déclara le comte d'Aigleroche, je n'ai jamais entendu parler d'aucun crime, d'aucune disparition.

— Ah ! fit Rénine, qui sembla un peu décontenancé, j'espérais avoir quelques renseignements…

— Je regrette.

— En ce cas, excusez-moi. »

Il consulta Hortense du regard et marcha vers la porte. Mais, se ravisant :

« Vous ne pourriez pas tout au moins, cher monsieur, me mettre en rapport avec des personnes de votre entourage, de votre famille… qui, elles, seraient au courant ?

— De ma famille ? et pourquoi ?

— Parce que le domaine de Halingre appartenait, appartient encore sans doute, aux d'Aigleroche. Les armoiries montrent un aigle sur un bloc de pierre… sur une roche. Et tout de suite le rapport s'est imposé à moi. »

Cette fois, le comte parut surpris. Il repoussa sa bouteille et son verre et dit :

« Que m'apprenez-vous ? J'ignorais ce voisinage. »

Rénine hocha la tête en souriant :

« Je serais plutôt disposé à croire, cher monsieur, que vous n'êtes pas très pressé d'admettre un degré de parenté quelconque entre vous… et ce propriétaire inconnu.

— C'est donc un homme peu recommandable ?

— C'est un homme qui a tué, tout simplement.

— Que dites-vous ? »

Le comte s'était levé. Hortense, très émue, articula :

« Êtes-vous sûr vraiment qu'il y ait eu crime et que ce crime ait été commis par quelqu'un du château ?

— Tout à fait sûr.

— Mais pourquoi cette certitude ?

— Parce que je sais qui furent les deux victimes et la cause du meurtre. »

Le prince Rénine ne procédait que par affirmations, et on eût cru, à l'entendre, qu'il s'appuyait sur les preuves les plus solides.

M. d'Aigleroche allait et venait dans la pièce, les mains au dos. Il finit par dire :

« J'ai toujours eu l'intuition qu'il s'était passé quelque chose, mais je n'ai jamais cherché à savoir… Donc, en effet, il y a vingt ans, un de mes parents, un cousin éloigné, habitait le domaine de Halingre. J'espérais, à cause du nom que je porte, que cette histoire, dont je n'ai pas eu connaissance, je le répète, mais que j'ai soupçonnée, resterait à jamais dans l'ombre.

— Ainsi donc, ce cousin a tué…

— Oui, il a été contraint de tuer. »

Rénine hocha la tête.

« Je suis au regret de rectifier cette phrase, cher monsieur. La vérité, c'est que votre cousin a tué, au contraire, froidement, lâchement. Je ne connais pas de crime qui ait été conçu avec plus de sang-froid et de sournoiserie.

— Qu'en savez-vous ? »

Le moment était venu pour Rénine de s'expliquer, moment grave, lourd d'angoisse, dont Hortense comprenait toute la solennité, bien qu'elle n'eût encore rien deviné du drame où le prince s'engageait pas à pas.

« L'aventure est fort simple, dit-il. Tout permet de croire que ce M. d'Aigleroche était marié, et qu'aux environs du domaine de Halingre habitait un autre couple, avec lequel les deux châtelains entretenaient des relations d'amitié. Que se passa-t-il un jour ? Laquelle de ces quatre personnes apporta, la première, le trouble dans les relations des deux ménages ? Je ne pourrais le dire. Mais il y a une version qui se présente aussitôt à l'esprit, c'est que la femme de votre cousin, Mme d'Aigleroche, donnait des rendez-vous à l'autre mari dans la tour de lierre, laquelle avait une sortie directe sur la campagne. Mis au courant de l'intrigue, votre cousin d'Aigleroche résolut de se venger, mais de telle façon qu'il n'y eût pas de scandale, et que personne ne sût même jamais que les coupables avaient été tués. Or, il avait constaté – ce que, moi, j'ai constaté tantôt – qu'il y avait un endroit du château, le belvédère, d'où l'on pouvait voir, par-dessus les arbres et les vallonnements du parc, la tour qui se trouvait à huit cents mètres de là, et qu'il n'y avait même que de cet endroit que l'on dominât le sommet de la tour. Il pratiqua donc un trou au travers du parapet, à l'emplacement d'une ancienne meurtrière condamnée, et de là, au moyen d'une longue-vue qui reposait exactement au fond du canal creusé, il assistait aux rendez-vous des deux coupables. Et c'est par là également qu'ayant bien pris toutes ses mesures, ayant calculé toutes ses distances, c'est par là qu'un dimanche, 5 septembre, le château étant vide, il tua les amants de deux coups de fusil. »

La vérité apparaissait. La lumière du jour luttait contre les ténèbres. Le comte murmura :

« Oui... c'est bien cela qui a dû se passer... C'est ainsi que mon cousin d'Aigleroche...

— L'assassin, continua Rénine, boucha soigneusement la meurtrière avec une motte de terre. Qui saurait jamais que deux cadavres pourrissaient en haut de cette tour où nul n'allait jamais, et dont il eut la précaution de démolir les escaliers de bois ? Il ne lui restait plus qu'à expliquer la disparition de sa femme et de son ami. Explication facile. Il les accusa d'avoir pris la fuite ensemble. »

Hortense tressauta. D'un coup, comme si cette dernière phrase eût été une révélation complète, et, pour elle, absolument imprévue, elle comprenait où Rénine voulait en venir.

« Que dites-vous ?

— Je dis que M. d'Aigleroche accusa sa femme et son ami d'avoir pris la fuite ensemble.

— Non, non, s'écria-t-elle, non, je ne puis admettre... Il s'agit d'un cousin de mon oncle... Alors pourquoi mêler deux histoires ?...

— Pourquoi mêler cette histoire à une autre histoire dont il fut question à cette époque ? répondit le prince. Mais je ne les mêle pas, chère madame, il n'y a qu'une histoire, et je la raconte telle qu'elle s'est passée. »

Hortense se tourna vers son oncle. Il se taisait, les bras croisés, et sa tête demeurait dans l'obscurité que formait l'abat-jour de la lampe. Pourquoi n'avait-il pas protesté ?

Rénine reprit fermement :

« Il n'y a qu'une histoire. Le soir même du 5 septembre, à huit heures, M. d'Aigleroche, donnant sans doute comme prétexte qu'il se mettait à la recherche des fugitifs, quitta son château après l'avoir barricadé. Il s'en alla, en laissant toutes les pièces telles qu'elles étaient, et en n'emportant que les fusils de sa vitrine. À la dernière minute, il eut le pressentiment, justifié aujourd'hui, que la découverte de cette longue-vue qui avait joué un tel rôle dans la préparation de son crime, pourrait servir de point de départ à une enquête, et il la jeta dans la gaine de l'horloge où le hasard voulut qu'elle interrompît la course du balancier. Cet acte machinal, comme tous les criminels en commettent inévitablement, devait le trahir vingt ans plus tard. Tantôt, les coups que je donnai pour ébranler la porte du salon dégagèrent le balancier. L'horloge reprit sa course, huit heures sonnèrent, et... j'eus le fil d'Ariane qui devait me conduire dans le labyrinthe. »

Hortense balbutia :

« Des preuves !... des preuves !...

— Des preuves ? répliqua fortement Rénine. Mais elles abondent et vous les connaissez comme moi. Qui aurait pu tuer à cette distance de huit cents mètres, sinon un tireur habile, un fervent de la chasse, n'est-ce pas, monsieur d'Aigleroche ? Des preuves ? Pourquoi rien ne fut-il enlevé au château, rien, sinon les fusils, ces fusils dont un fervent de la chasse ne peut se passer, n'est-ce pas, monsieur d'Aigleroche… ces fusils que nous retrouvons ici, disposés en panoplie ? Des preuves ? Et cette date du 5 septembre qui fut celle du crime, et qui a laissé dans l'âme du criminel un tel souvenir d'horreur que, chaque année, à cette époque, à cette époque seulement, il s'entoure de distractions et que, chaque année, à cette date du 5 septembre, il oublie ses habitudes de tempérance ? Or, nous sommes le 5 septembre aujourd'hui. Des preuves ? Mais, quand il n'y en aurait pas d'autres, celle-ci ne vous suffit-elle pas ? »

Et Rénine tendait le bras et désignait le comte d'Aigleroche, qui, devant l'évocation terrifiante du passé, venait de s'effondrer sur un fauteuil et cachait sa tête entre ses mains.

Hortense n'opposa pas la moindre objection. Elle n'avait jamais aimé son oncle, ou plutôt l'oncle de son mari. Elle admit aussitôt l'accusation portée contre lui.

Une minute s'écoula.

Coup sur coup M. d'Aigleroche se versa du sherry, et deux fois vida son verre. Puis il se leva et s'approcha de Rénine.

« Que l'histoire soit véridique ou non, monsieur, on ne peut pas appeler criminel le mari qui venge son honneur et supprime l'épouse infidèle.

— Non, répliqua Rénine, mais je n'ai donné que la première version de l'histoire. Il y en a une autre infiniment plus grave… et plus vraisemblable… une autre à laquelle une enquête plus minutieuse aboutirait sûrement.

— Que voulez-vous dire ?

— Ceci. Il ne s'agit peut-être pas d'un mari justicier, comme je l'ai supposé charitablement. Il s'agit peut-être d'un homme ruiné qui convoite la fortune et la femme de son ami, et qui, pour cela, pour se libérer, pour se débarrasser de son ami et de sa propre femme, les attire dans un piège, leur conseille de visiter cette tour abandonnée, et de loin, bien à l'abri, les tue à coups de fusil.

— Non, non, protesta le comte, non, tout cela est faux.

— Je ne dis pas non. J'appuie mon accusation sur des preuves, mais aussi sur des intuitions et des raisonnements qui, jusqu'ici, sont très exacts. Tout de même, je veux bien que cette seconde version soit fausse. Mais en ce cas, pourquoi des remords ? On n'a pas de remords, quand on châtie des coupables.

— On en a quand on tue. C'est un fardeau écrasant à porter.

— Est-ce pour se donner plus de force que M. d'Aigleroche a épousé plus tard la veuve de sa victime ? Car tout est là, monsieur. Pourquoi ce mariage ? M. d'Aigleroche était-il ruiné ? Celle qu'il épousait en secondes noces était-elle riche ? Ou bien encore s'aimaient-ils tous deux, et fut-ce d'accord avec elle que M. d'Aigleroche a tué sa première femme et le mari de sa seconde femme ? Autant de problèmes que j'ignore, qui pour l'instant n'ont pas d'intérêt, mais que la justice, avec tous les moyens dont elle dispose, n'aurait pas de mal à éclaircir. »

M. d'Aigleroche chancela. Il dut s'appuyer au dossier d'une chaise et, livide, il bégaya :

« Vous allez avertir la justice ?

— Non, non, déclara Rénine. D'abord il y a prescription. Et puis vingt ans de remords et d'épouvante, un souvenir qui poursuivra le coupable jusqu'à sa dernière heure, le désaccord sans doute dans son ménage, la haine, l'enfer de chaque jour… et, pour finir, l'obligation de retourner là-bas et d'effacer les traces du double crime, l'effroyable châtiment de monter sur cette tour, de toucher à ces squelettes, de les dévêtir, de les enterrer… c'est suffisant. N'en demandons pas trop, et n'allons pas jeter tout cela en pâture au public et faire un scandale qui rejaillirait sur la nièce de M. d'Aigleroche. Non. Laissons toutes ces ignominies. »

Le comte reprit sa posture devant la table, ses mains crispées autour de son front. Il murmura :

« Alors, pourquoi ?…

— Pourquoi mon intervention ? dit Rénine. Si j'ai parlé, c'est pour atteindre un but quelconque, n'est-ce pas ? En effet. Si minime qu'elle soit, il faut bien une sanction, et il faut bien à notre entretien un dénouement pratique. Mais n'ayez aucune crainte, M. d'Aigleroche en sera quitte à bon marché. »

La lutte était finie. Le comte sentit qu'il n'y avait plus qu'une petite formalité à remplir, un sacrifice à accepter et, reprenant un peu d'assurance, il dit avec une certaine ironie :

« Combien ? »

Rénine se mit à rire.

« Parfait. Vous comprenez la situation. Seulement, vous vous trompez en me mettant en cause. Moi, je travaille pour la gloire.

— En ce cas ?…

— Il s'agit tout au plus d'une restitution.

— Une restitution ? »

Rénine se pencha sur le bureau et dit :

« Il y a là, dans un de ces tiroirs, un acte qui a été soumis à votre signature. C'est un projet de transaction entre vous et votre nièce, Hortense Daniel, relativement à sa fortune, fortune qui a été dissipée et dont vous êtes responsable. Signez cette transaction. »

M. d'Aigleroche eut un haut-le-corps.

« Vous savez quelle est la somme ?…

— Je ne veux pas le savoir.

— Et si je refuse ?

— Je demande une entrevue à la comtesse d'Aigleroche. »

Sans plus d'hésitation, le comte ouvrit son tiroir, en sortit un document sur papier timbré, et vivement signa.

« Voici, dit-il, et j'espère…

— Vous espérez comme moi qu'il n'y aura plus rien de commun entre nous ? J'en suis persuadé. Je pars ce soir, votre nièce demain, sans doute. Adieu, monsieur. »

Dans le salon, où aucun des invités n'était encore descendu, Rénine remit l'acte à Hortense. Elle paraissait stupéfaite de tout ce qu'elle avait entendu, et quelque chose la confondait plus encore que cette lumière implacable projetée sur le passé de son oncle, c'était la clairvoyance prodigieuse et l'extraordinaire lucidité de l'homme qui, depuis quelques heures, commandait aux événements et faisait surgir, devant ses yeux, les tableaux mêmes du drame auquel nul n'avait assisté.

« Êtes-vous contente de moi ? » demanda-t-il. Elle lui tendit les deux mains.

« Vous m'avez sauvée de Rossigny. Vous m'avez donné la liberté et l'indépendance. Je vous remercie du fond du cœur.

— Oh ! ce n'est pas cela que je vous demande, dit-il. Ce que j'ai voulu d'abord, c'est vous distraire. Votre vie était monotone et manquait d'imprévu. En fut-il de même aujourd'hui ?

— Comment pouvez-vous poser une telle question ? J'ai vécu les minutes les plus fortes et les plus étranges.

— C'est cela, la vie, dit-il, quand on sait regarder et rechercher. L'aventure est partout, au fond de la chaumière la plus misérable, sous le masque de l'homme le plus sage. Partout, si on le veut, il y a prétexte à s'émouvoir, à faire le bien, à sauver une victime, à mettre fin à une injustice. »

Elle murmura, frappée par ce qu'il y avait en lui de puissance et d'autorité :

« Qui donc êtes-vous ?

— Un aventurier, pas autre chose. Un amateur d'aventures. La vie ne vaut d'être vécue qu'aux heures d'aventures, aventures des autres ou aventures personnelles. Celle d'aujourd'hui vous a bouleversée parce qu'elle touchait au plus profond de votre être. Mais celles des autres ne sont pas moins passionnantes. Voulez-vous en faire l'épreuve ?

— Comment ?

— Soyez ma compagne d'aventures. Si quelqu'un m'appelle au secours, secourez-le avec moi. Si le hasard ou si mon instinct me met sur la piste d'un crime ou sur la trace d'une douleur, partons tous deux de compagnie. Voulez-vous ?

— Oui, fit-elle. Mais... »

Elle hésita. Elle cherchait le projet secret de Rénine.

« Mais, acheva-t-il en souriant, vous vous défiez un peu : "Où donc cet amateur d'aventures veut-il m'entraîner ? Il est évident que je lui plais et qu'un jour ou l'autre il ne serait pas fâché de toucher ses honoraires." Vous avez raison. Il faut entre nous un contrat précis.

— Très précis, dit Hortense, qui préférait mettre la conversation sur le ton de la plaisanterie. J'écoute vos propositions. »

Il réfléchit un instant et continua :

« Eh bien, voilà. Aujourd'hui, jour de la première aventure, l'horloge de Halingre a sonné huit coups. Voulez-vous que nous acceptions l'arrêt qu'elle a rendu, et que sept fois encore, dans un délai de trois mois, par exemple, nous poursuivions ensemble de belles entreprises ? Et voulez-vous qu'à la huitième fois, vous soyez tenue de m'accorder ?...

— Quoi ? »

Il suspendit sa réponse.

« Notez que vous serez toujours libre de m'abandonner en cours de route, si je ne réussis pas à vous intéresser. Mais si vous me suivez jusqu'au bout, si vous me permettez de commencer et d'achever avec vous la huitième entreprise, dans trois mois, le 5 décembre, à l'instant même où le huitième coup de cette horloge sonnera – et il sonnera, soyez-en sûre, car le vieux balancier de cuivre ne s'arrêtera plus dans sa course –, vous serez tenue de m'accorder...

— Quoi ? » répéta-t-elle, un peu crispée par l'attente.

Il se tut. Il regardait les jolies lèvres qu'il voulait demander comme récompense, et il fut tellement sûr que la jeune femme avait compris, qu'il jugea inutile de parler de façon plus claire.

« La seule joie de vous voir me suffira... Ce n'est pas à moi, mais à vous de poser des conditions. Quelles sont-elles ? Qu'exigez-vous ?... »

Elle lui sut gré de son respect et répondit en riant :

« Ce que j'exige ?...

— Oui.

— Je puis exiger n'importe quoi de difficile ?

— Tout est facile à qui veut vous conquérir.

— Et si ma demande est impossible ?

— Il n'y a que l'impossible qui m'intéresse. »

Alors elle dit :

« J'exige que vous me rendiez une agrafe de corsage ancienne, composée d'une cornaline[1] sertie dans une monture de filigrane[2]. Elle me venait de ma mère qui la tenait de la sienne et tout le monde savait qu'elle leur avait porté bonheur et qu'elle me portait bonheur. Depuis qu'elle a disparu du coffret où elle était enfermée, je suis malheureuse. Rendez-la-moi, monsieur le bon génie.

---

1. Variété de minerai (silice) translucide, rouge orangé, utilisée en joaillerie. 2. Ouvrage fait de fils de métal (argent, or), de fils de verre, entrelacés et soudés.

— Quand vous a-t-elle été volée, cette agrafe ? »

Elle eut un accès de gaieté :

« Il y a sept ans… ou huit ans… ou neuf ans, je ne sais pas trop… Je ne sais pas où… Je ne sais pas comment… Je ne sais rien…

— Je la retrouverai, affirma Rénine, et vous serez heureuse. »

La carafe d'eau[1]

Quatre jours après son installation à Paris, Hortense Daniel accepta de rencontrer, au Bois[2], le prince Rénine. Par une matinée radieuse, ils s'assirent à la terrasse du restaurant Impérial, un peu à l'écart.

La jeune femme était heureuse de vivre, enjouée, pleine de grâce et de séduction. Par peur de l'effaroucher, Rénine se garda bien de faire allusion au pacte qu'il avait proposé. Elle raconta son départ de La Marèze et affirma qu'elle n'avait pas entendu parler de Rossigny.

« Moi, dit Rénine, j'ai entendu parler de lui.

— Ah !

— Oui, il m'a envoyé ses témoins. Duel ce matin. Piqûre à l'épaule de Rossigny. Affaire liquidée.

— Causons d'autre chose. »

Il ne fut plus question de Rossigny. Tout de suite, Rénine exposa à Hortense le plan de deux expéditions qu'il avait en vue et auxquelles il lui offrait, sans enthousiasme, de participer.

« La meilleure aventure, dit-il, c'est celle qu'on ne prévoit pas. Elle surgit à l'improviste, sans que rien l'ait annoncée et sans que personne même, sauf les initiés, remarque

---

1. La nouvelle figure dans *Les Huit Coups de l'horloge* (1923).
2. Le bois de Boulogne à Paris. Maurice Leblanc habita la villa Herran, rue de la Pompe, dans le XVIe arrondissement, tout près du bois de Boulogne, où il avait l'habitude de se promener l'après-midi. La géographie de la nouvelle, qui va de la porte des Sablons à la place des Ternes, est celle de cet arrondissement.

cette occasion d'agir et de se dépenser qui passe à la portée de la main. Il faut la saisir tout de suite. Une seconde d'hésitation et il est trop tard. Un sens spécial nous avertit, un flair de chien de chasse qui démêle la bonne odeur parmi toutes celles qui s'entrecroisent. »

Autour d'eux, la terrasse commençait à se remplir. À la table voisine, un jeune homme dont ils apercevaient le profil insignifiant et la longue moustache brune, lisait un journal. En arrière, par une des fenêtres du restaurant, il arrivait une rumeur lointaine d'orchestre ; dans un des salons, quelques personnes dansaient.

Toutes ces personnes, Hortense les observait une à une, comme si elle eût espéré découvrir en l'une d'elles le petit signe qui révèle le drame intime, la destinée malheureuse ou la vocation criminelle.

Or, comme Rénine réglait les consommations, le jeune homme à la longue moustache étouffa un cri, et appela un des garçons d'une voix étranglée.

« Combien vous dois-je ?... Vous n'avez pas de monnaie ? Ah ! bon Dieu, hâtez-vous !... »

Sans hésiter, Rénine avait saisi le journal. Après un coup d'œil rapide il lut à demi-voix :

« Maître Dourdens, le défenseur de Jacques Aubrieux, a été reçu à l'Élysée. Nous croyons savoir que le président de la République a refusé la grâce du condamné et que l'exécution aura lieu demain matin. »

Lorsque le jeune homme eut traversé la terrasse, il se trouva sous le porche du jardin, en face d'un monsieur et d'une dame qui lui barraient le passage, et le monsieur lui dit :

« Excusez-moi, monsieur, mais j'ai surpris votre émotion. Il s'agit de Jacques Aubrieux, n'est-ce pas ?

— Oui... oui... Jacques Aubrieux... balbutia le jeune homme. Jacques, mon ami d'enfance, je cours chez sa femme... elle doit être folle de douleur...

— Puis-je vous offrir mon assistance ? Je suis le prince Rénine. Madame et moi, nous serions heureux de voir Mme Aubrieux et de nous mettre à sa disposition. »

Le jeune homme, bouleversé par la nouvelle qu'il avait lue, semblait ne pas comprendre. Il se présenta gauchement :

« Dutreuil… Gaston Dutreuil… »

Rénine fit signe à Clément, son chauffeur, qui attendait à quelque distance, et poussa Gaston Dutreuil dans l'automobile, en demandant :

« L'adresse ? l'adresse de Mme Aubrieux ?

— C'est avenue du Roule, 23 *bis*… »

Dès qu'Hortense fut montée, il répéta l'adresse au chauffeur, et, aussitôt en route, voulut interroger Gaston Dutreuil.

« Je connais à peine l'affaire, dit-il. Expliquez-moi en deux mots. Jacques Aubrieux a tué un de ses proches parents, n'est-ce pas ?

— Il est innocent, monsieur, répliqua le jeune homme qui paraissait incapable de donner la moindre explication. Innocent, je le jure… Voilà vingt ans que je suis l'ami de Jacques… Il est innocent… et ce serait monstrueux… »

On ne put rien tirer de lui. D'ailleurs le trajet fut rapide. Ils entrèrent dans Neuilly par la porte des Sablons et, deux minutes plus tard, s'arrêtaient devant une étroite et longue allée, bordée de murs, qui les conduisit vers un petit pavillon à un seul étage.

Gaston Dutreuil sonna.

« Madame est dans le salon avec sa mère, déclara la bonne qui ouvrit.

— Je vais voir ces dames », dit-il en emmenant Rénine et Hortense.

C'était un salon assez grand, joliment meublé, qui, en temps ordinaire, devait servir de cabinet de travail. Deux femmes y pleuraient, dont l'une assez âgée, aux cheveux grisonnants, vint au-devant de Gaston Dutreuil. Celui-ci expliqua la présence du prince Rénine et, tout de suite, elle s'écria en sanglotant :

« Le mari de ma fille est innocent, monsieur. Jacques ! mais c'est le meilleur des hommes… un cœur d'or ! Lui, assassiner son cousin !… Mais il l'adorait, son cousin ! Je vous jure qu'il est innocent, monsieur ! Et on va commettre l'infamie de le tuer ? Ah ! monsieur, c'est la mort de ma fille. »

Rénine comprit que tous ces gens vivaient, depuis des mois, dans l'obsession de cette innocence, et dans la certitude qu'un innocent ne pouvait pas être exécuté. La nouvelle de l'exécution, inévitable maintenant, les rendait fous.

Il s'avança vers une pauvre créature courbée en deux, et dont le visage, tout jeune, encadré de jolis cheveux blonds, était convulsé par le désespoir. Déjà Hortense s'était assise auprès d'elle et doucement l'avait attirée contre son épaule. Rénine lui dit :

« Madame, je ne sais pas ce que je peux faire pour vous. Mais je vous affirme sur l'honneur que, s'il y a quelqu'un au monde qui peut vous être utile, c'est moi. Je vous supplie donc de me répondre comme si la clarté et la netteté de vos réponses pouvaient changer la face des choses, et comme si vous vouliez me faire partager votre opinion sur Jacques Aubrieux. Car il est innocent, n'est-ce pas ?

— Oh ! monsieur ! fit-elle avec un élan de tout son être.

— Eh bien, cette certitude que vous n'avez pas pu communiquer à la justice, il faut me l'imposer. Je ne vous demande pas d'entrer dans les détails et de revivre l'affreux calvaire, mais simplement de répondre à un certain nombre de questions. Le voulez-vous ?

— Parlez, monsieur. »

Elle était dominée. En quelques phrases, Rénine avait réussi à la soumettre et à lui insuffler la volonté d'obéir. Et, une fois de plus, Hortense comprit tout ce qu'il y avait en Rénine de force, d'autorité et de persuasion.

« Que faisait votre mari ? demanda-t-il, après avoir prié la mère et Gaston Dutreuil de garder un silence absolu.

— Courtier d'assurances.

— Heureux en affaires ?

— Jusqu'à l'autre année, oui.

— Donc, depuis quelques mois, des embarras d'argent ?

— Oui.

— Et le crime a été commis ?

— En mars dernier, un dimanche.

— La victime ?

— Un cousin éloigné, M. Guillaume, qui habitait Suresnes.

— Le montant du vol ?

— Soixante billets de mille francs que ce cousin avait reçus la veille en paiement d'une vieille dette.

— Votre mari le savait ?

— Oui. Le dimanche, son cousin le lui a dit au cours d'une conversation téléphonique, et Jacques insista pour que son cousin ne gardât pas chez lui une telle somme et la déposât dès le lendemain dans une banque.

— C'était le matin ?

— À une heure de l'après-midi. Jacques devait justement aller chez M. Guillaume avec sa motocyclette. Mais, assez fatigué, il le prévint qu'il ne sortirait pas. Il resta donc toute la journée ici.

— Seul ?

— Oui, seul. Les deux bonnes avaient congé. Moi, je me rendis dans un cinéma des Ternes avec maman et avec notre ami Dutreuil. Le soir, nous apprenions l'assassinat de M. Guillaume. Le lendemain matin, Jacques était arrêté.

— Sur quelles charges ? »

La malheureuse hésita. Les charges devaient être écrasantes. Puis, sur un geste de Rénine, elle répliqua tout d'un trait :

« L'assassin s'est rendu à Saint-Cloud sur une motocyclette, et les traces relevées sont celles de la motocyclette de mon mari. On a retrouvé un mouchoir aux initiales de mon mari, et le revolver qui a servi lui appartenait. Enfin, un de nos voisins prétend qu'à trois heures il a vu mon mari sortir sur la motocyclette, et un autre l'a vu rentrer à quatre heures et demie. Or, le crime a eu lieu à quatre heures.

— Et comment se défend Jacques Aubrieux ?

— Il affirme qu'il a dormi tout l'après-midi. Pendant ce temps quelqu'un est venu, a pu ouvrir la remise et a pris la motocyclette pour aller à Suresnes. Quant au mouchoir et au revolver, ils se trouvaient dans la sacoche. Rien d'étonnant à ce que l'assassin les ait utilisés.

— Cette explication est plausible…

— Oui, mais la justice fait deux objections. D'abord, personne, absolument personne, ne savait que mon mari devait rester chez lui toute la journée, puisque, au contraire, il sortait à motocyclette tous les dimanches après-midi.

— Ensuite ? »

La jeune femme rougit et murmura :

« Dans l'office de M. Guillaume, l'assassin a bu à même la moitié d'une bouteille de vin. Sur cette bouteille, on a relevé les empreintes des doigts de mon mari. »

Il sembla qu'elle avait donné tout son effort, et qu'en même temps l'espoir inconscient qu'avait suscité en elle l'intervention de Rénine, s'évanouissait tout à coup devant l'accumulation des preuves. Elle retomba sur elle-même et s'absorba dans une sorte de rêverie silencieuse dont les soins affectueux d'Hortense ne purent la distraire.

La mère balbutia :

« Il est innocent, n'est-ce pas, monsieur ? Et on ne punit pas un innocent. On n'en a pas le droit. On n'a pas le droit de tuer ma fille. Oh ! mon Dieu, mon Dieu, qu'est-ce que nous avons fait pour qu'on nous persécute ainsi ? Ma pauvre petite Madeleine…

— Elle se tuera, disait Dutreuil, d'une voix épouvantée. Jamais elle ne supportera l'idée qu'on guillotine Jacques. Tantôt… cette nuit… elle se tuera. »

Rénine allait et venait dans la pièce.

« Vous ne pouvez rien faire pour elle, n'est-ce pas ? demanda Hortense.

— Il est onze heures et demie, répliqua-t-il d'un air soucieux… et c'est demain matin.

— Le croyez-vous coupable ?

— Je ne sais pas… je ne sais pas… La conviction de la malheureuse est une chose impressionnante et qu'on ne doit pas négliger. Quand deux êtres ont vécu côte à côte durant des années, ils ne peuvent guère se tromper l'un sur l'autre à ce point… Et cependant !… »

Il s'étendit sur un canapé et alluma une cigarette. Il en fuma trois de suite sans que personne interrompît sa méditation. Parfois il regardait sa montre. Les minutes avaient tant d'importance !

À la fin, il retourna près de Madeleine Aubrieux, lui saisit les mains, et lui dit très doucement :

« Il ne faut pas vous tuer. Jusqu'à la dernière minute, rien n'est perdu, et je vous promets que, pour ma part, jusqu'à cette dernière minute je ne me découragerai pas. Mais j'ai besoin de votre calme et de votre confiance.

— Je serai calme, dit-elle, d'un air pitoyable.

— Et vous aurez confiance ?

— J'aurai confiance.

— Eh bien, attendez-moi. D'ici deux heures, je serai de retour. Vous venez avec nous, monsieur Dutreuil ? »

Au moment de monter dans l'auto, il demanda au jeune homme :

« Connaissez-vous un petit restaurant peu fréquenté, pas bien loin, dans Paris ?

— La brasserie Lutetia, au rez-de-chaussée de la maison où j'habite, place des Ternes.

— Parfait, cela nous sera très commode. »

En route, ils parlèrent à peine. Rénine, cependant, interrogea Gaston Dutreuil.

« Autant que je m'en souvienne, on les a, les numéros des billets, n'est-ce pas ?

— Oui, le cousin Guillaume avait inscrit les soixante numéros sur son carnet. »

Rénine murmura, au bout d'un instant :

« Tout le problème est là. Où sont ces billets ? Qu'on mette la main dessus, et l'on est fixé. »

À la brasserie Lutetia le téléphone se trouvait dans une salle particulière où il pria qu'on leur servît à déjeuner. Une fois seul avec Hortense et avec Dutreuil, il décrocha le récepteur, d'un geste résolu.

« Allô… La préfecture de police, s'il vous plaît, mademoiselle… Allô… Allô… la préfecture ? Je voudrais communiquer avec le service de la Sûreté. Une communication de la plus haute importance. C'est de la part du prince Rénine. »

Le récepteur à la main, il se retourna vers Gaston Dutreuil.

« Je puis convoquer quelqu'un ici, n'est-ce pas ? Nous y serons tout à fait tranquilles ?

— Certes. »

Il écouta de nouveau.

« Le secrétaire de M. le chef de la Sûreté ? Ah ! très bien, monsieur le secrétaire, j'ai eu l'occasion d'être en rapport avec M. Dudouis[1], et de lui fournir, sur plusieurs affaires, des renseignements qui lui ont été fort utiles. Nul doute qu'il ne se souvienne du prince Rénine. Aujourd'hui je pourrais lui indiquer l'endroit où se trouvent les soixante billets de mille francs volés par l'assassin Aubrieux à son cousin. Si ma proposition l'intéresse, qu'il veuille bien m'envoyer un inspecteur à la brasserie Lutetia, place des Ternes. J'y serai avec une dame et avec M. Dutreuil, l'ami d'Aubrieux. Je vous salue, monsieur le secrétaire. »

Lorsque Rénine raccrocha l'appareil, il aperçut auprès de lui les visages stupéfaits d'Hortense et de Gaston Dutreuil.

Hortense murmura :

« Vous savez donc ? Vous avez donc découvert ?

— Rien du tout, dit-il en riant.

— Alors ?

— Alors j'agis comme si je savais. C'est un moyen comme un autre. Déjeunons, voulez-vous ? »

La pendule marquait alors midi trois quarts.

« Dans vingt minutes au plus, dit-il, l'envoyé de la préfecture sera là.

— Et si personne ne vient ? objecta Hortense.

— Cela m'étonnerait. Ah ! si j'avais fait dire à M. Dudouis : "Aubrieux est innocent", je manquais mon effet. La veille d'une exécution, allez donc convaincre ces messieurs de la police ou de la justice qu'un condamné à mort est innocent ! Non. Jacques Aubrieux appartient d'ores et déjà au bourreau. Mais la perspective des soixante billets, voilà une aubaine qui vaut le dérangement. Pensez donc que c'est le point faible de l'accusation, ces billets qu'on n'a pas retrouvés.

— Mais puisque vous ne savez rien…

— Chère amie, vous me permettez de vous appeler ainsi ? chère amie, quand on ne peut pas expliquer tel

1. Le personnage apparaît déjà dans *Arsène Lupin, gentleman cambrioleur*. Fondée en 1867 sous le Second Empire, principalement pour lutter contre les opposants et les attentats, la Sûreté est l'ancien service d'information et de surveillance policière. L'ironie vient ici du fait que Rénine se présente comme ayant rendu des services à la Sûreté, alors qu'il la combat sous les traits d'Arsène Lupin.

phénomène physique, on adopte une hypothèse quelconque où toutes les manifestations de ce phénomène trouvent leur explication, et l'on dit que tout se passe comme s'il en était ainsi. C'est ce que je fais.

— Autant dire que vous supposez quelque chose ? »

Rénine ne répondit pas. Ce ne fut que longtemps après, à la fin du repas, qu'il reprit :

« Évidemment, je suppose quelque chose. Si j'avais plusieurs jours devant moi, je prendrais la peine de vérifier d'abord cette hypothèse, laquelle s'appuie autant sur mon intuition que sur l'observation de quelques faits épars. Mais je n'ai que deux heures, et je m'engage sur la route inconnue comme si j'étais certain qu'elle me conduit à la vérité.

— Et si vous vous trompiez ?

— Je n'ai pas le choix. D'ailleurs il est trop tard. On frappe. Ah ! un mot encore. Quelles que soient mes paroles, ne me démentez pas. Vous non plus, monsieur Dutreuil. »

Il ouvrit la porte. Un homme maigre, à barbe rousse, entra.

« Le prince Rénine ?

— C'est moi, monsieur. De la part de M. Dudouis, sans doute ?

— Oui. »

Et le nouveau venu se présenta :

« Inspecteur principal Morisseau.

— Je vous remercie de votre diligence, monsieur l'inspecteur principal, dit le prince Rénine, et je suis d'autant plus heureux que M. Dudouis vous ait envoyé, que je connais vos états de service, et que j'ai suivi avec admiration certaines de vos campagnes. »

L'inspecteur s'inclina, très flatté.

« M. Dudouis m'a mis à votre entière disposition, ainsi que deux inspecteurs que j'ai laissés sur la place, et qui, tous deux, se sont occupés de l'affaire avec moi, dès le début.

— Ce ne sera pas long, déclara Rénine, et je ne vous demande même pas de vous asseoir. Il faut que ce soit réglé en quelques minutes. Vous savez de quoi il s'agit ?

— Des soixante billets de mille francs volés à M. Guillaume, et dont voici les numéros. »

Rénine examina la liste et affirma :

« C'est cela même. Nous sommes d'accord. »

L'inspecteur Morisseau parut très ému.

« Le chef attache à votre découverte la plus grande importance. Ainsi, vous pourriez m'indiquer ?... »

Rénine garda le silence un instant, puis déclara :

« Monsieur l'inspecteur principal, mon enquête personnelle, enquête rigoureuse et au courant de laquelle je vous mettrai tout à l'heure, m'a révélé qu'à son retour de Suresnes, l'assassin, après avoir apporté la motocyclette dans la remise de l'avenue du Roule, est venu en courant jusqu'aux Ternes et qu'il est entré dans cette maison.

— Dans cette maison ?

— Oui.

— Mais qu'y venait-il faire ?

— Y cacher le produit de son vol, les soixante billets de mille.

— Comment ? Dans quel endroit ?

— Dans un appartement dont il avait la clef, au cinquième étage. »

Gaston Dutreuil s'écria, stupéfait :

« Mais au cinquième étage, il n'y a qu'un appartement, et c'est moi qui l'habite.

— Justement, et comme vous étiez au cinéma avec Mme Aubrieux et sa mère, on a profité de votre absence...

— Impossible, il n'y a que moi qui aie la clef.

— On entre sans clef.

— Mais je n'ai relevé aucune trace. »

Morisseau s'interposa :

« Voyons, expliquons-nous. Vous dites que les billets de banque auraient été dissimulés chez M. Dutreuil ?

— Oui.

— Mais puisque Jacques Aubrieux a été arrêté le lendemain matin, ces billets y seraient encore ?

— C'est mon avis. »

Gaston Dutreuil ne put s'empêcher de rire.

« Mais c'est absurde, je les aurais découverts.

— Les avez-vous cherchés ?

— Non. Mais je serais tombé dessus à chaque instant. Le logement est grand comme la main. Voulez-vous le voir ?

— Si petit qu'il soit, il suffit pour contenir soixante feuilles de papier.

— Évidemment, fit Dutreuil, évidemment, tout est possible. Cependant je dois vous répéter que personne, à mon avis, n'est entré chez moi, qu'il n'y a qu'une clef, que je fais mon ménage moi-même, et que je ne comprends pas très bien… »

Hortense non plus ne comprenait pas. Ses yeux attachés aux yeux du prince Rénine, elle essayait de pénétrer jusqu'au fond de sa pensée. Quel jeu jouait-il ? Devait-elle l'appuyer dans ses affirmations Elle finit par dire :

« Monsieur l'inspecteur principal, puisque le prince Rénine prétend que les billets ont été déposés là-haut, le plus simple n'est-il pas de chercher ? M. Dutreuil nous conduira, n'est-ce pas ?

— Tout de suite, dit le jeune homme. C'est en effet ce qu'il y a de plus simple. »

Tous les quatre ils escaladèrent les cinq étages de l'immeuble, et Dutreuil ayant ouvert, ils pénétrèrent dans un logement exigu composé de deux chambres et de deux cabinets, tout cela rangé avec un ordre méticuleux. On devinait que chacun des fauteuils et que chacune des chaises de la pièce qui servait de salon occupait sa place définitive. Les pipes avaient leur étagère, les allumettes la leur. Suspendues à trois clous, s'alignaient par rang de taille trois cannes. Sur un guéridon, devant la fenêtre, un carton à chapeau, rempli de papier de soie, attendait le chapeau de feutre que Dutreuil y déposa avec soin… À côté, sur le couvercle, il allongea ses gants. Il agissait posément et machinalement, en homme qui se plaît à voir les choses dans la position qu'il a choisie pour elles. Aussi, dès que Rénine eut déplacé un objet, il esquissa un geste de protestation, reprit son chapeau, le colla sur sa tête, ouvrit la fenêtre, et s'accouda au rebord, le dos tourné, comme s'il eût été incapable de supporter le spectacle de pareils sacrilèges.

« Vous affirmez, n'est-ce pas ?… demanda l'inspecteur à Rénine.

— Oui, oui, j'affirme qu'après le crime, les soixante billets ont été apportés ici.

— Cherchons. »

C'était facile et ce fut rapidement exécuté. Au bout d'une demi-heure, il ne restait pas un coin qui n'eût été exploré, pas un bibelot qui n'eût été soupesé.

« Rien, fit l'inspecteur Morisseau. Devons-nous continuer ?

— Non, répliqua Rénine. Les billets n'y sont plus.

— Que voulez-vous dire ?

— Je veux dire qu'on les a enlevés.

— Qui ? Précisez votre accusation. »

Rénine ne répliqua point. Mais Gaston Dutreuil fit volte-face. Il suffoquait.

« Monsieur l'inspecteur, voulez-vous que je la précise, moi, l'accusation, telle qu'elle apparaît dans les propos de monsieur ? Tout cela signifie qu'il y a un malhonnête homme ici, que les billets cachés par l'assassin ont été découverts, volés par ce malhonnête homme, et déposés dans un autre endroit plus sûr. Voilà bien votre idée, n'est-ce pas, monsieur ? Et c'est bien moi que vous accusez de ce vol, n'est-ce pas ? »

Il avançait en se frappant la poitrine à grands coups.

« Moi ! moi ! J'aurais trouvé les billets ! et je les aurais gardés pour moi ! Vous osez prétendre… »

Rénine ne répondait toujours pas. Dutreuil s'emporta, et prenant à partie l'inspecteur Morisseau, il s'écria :

« Monsieur l'inspecteur, je proteste énergiquement contre toute cette comédie, et contre le rôle que vous y jouez à votre insu. Avant notre arrivée, le prince Rénine nous a dit, à madame et à moi, qu'il ne savait rien, qu'il s'aventurait dans cette affaire au hasard, et qu'il suivait la première route venue, en s'en remettant à sa bonne chance. N'est-ce pas vrai, monsieur ?

Rénine ne broncha pas.

« Mais parlez donc, monsieur ! Expliquez-vous, car enfin, vous alléguez, sans donner aucune preuve, les faits les plus invraisemblables !!! C'est trop commode de dire que j'ai volé les billets. Mais encore faudrait-il savoir s'ils étaient ici ? Qui les avait apportés ? Pourquoi l'assassin aurait-il choisi mon appartement pour les cacher ? Tout cela est absurde, illogique et stupide… Des preuves, monsieur !… une seule preuve ! »

L'inspecteur Morisseau paraissait perplexe. Il interrogeait Rénine du regard.

Celui-ci prononça impassible :

« Puisque vous voulez des précisions, c'est Mme Aubrieux elle-même qui les donnera. Elle a le téléphone. Descendons. En une minute, nous serons fixés. »

Dutreuil haussa les épaules.

« Comme vous voudrez, mais que de temps perdu ! »

Il semblait fort irrité. Sa longue station à la fenêtre, sous un soleil brûlant, l'avait mis en sueur. Il passa dans sa chambre et revint avec une carafe d'eau dont il but quelques gorgées et qu'il reposa sur le bord de la fenêtre.

« Allons », dit-il.

Le prince Rénine ricana :

« On dirait que vous avez hâte de quitter cet appartement ?

— J'ai hâte de vous confondre », répliqua Dutreuil en claquant la porte.

Ils descendirent et gagnèrent le cabinet particulier où se trouvait le téléphone. La pièce était vide. Rénine demanda le numéro des Aubrieux à Gaston Dutreuil, décrocha, et obtint la communication.

Ce fut la bonne qui vint à l'appareil. Elle répondit que Mme Aubrieux, après une crise de désespoir, venait de s'évanouir, et que maintenant, elle dormait.

« Appelez sa mère. De la part du prince Rénine. C'est urgent. »

Il passa un récepteur à Morisseau. D'ailleurs les voix étaient si nettes que Dutreuil et Hortense purent entendre toutes les paroles échangées.

« C'est vous, madame ?

— Oui. Le prince Rénine, n'est-ce pas ? Ah ! monsieur, qu'avez-vous à me dire ? Y a-t-il quelque espoir ? implora la vieille dame.

— L'enquête se poursuit d'une façon satisfaisante, prononça Rénine, et vous êtes en droit d'espérer. Pour l'instant, je viens vous demander un renseignement très grave. Le jour du crime, Gaston Dutreuil est-il venu chez vous ?

— Oui, après le déjeuner, il est venu nous chercher, ma fille et moi.

— A-t-il su à ce moment-là que le cousin Guillaume avait 60 000 francs chez lui ?

— Oui, je le lui ai dit.

— Et que Jacques Aubrieux, un peu souffrant, ne ferait pas sa promenade ordinaire à motocyclette et resterait à dormir ?

— Oui.

— Vous en êtes bien sûre, madame ?...

— Absolument certaine.

— Et vous avez été ensemble au cinéma tous les trois ?

— Oui.

— Et vous avez assisté à la séance l'un près de l'autre ?

— Ah ! non, il n'y avait pas de place libre. Il s'est installé plus loin.

— À un endroit d'où vous pouviez le voir ?

— Non.

— Mais pendant l'entracte, il est venu près de vous ?

— Non, nous ne l'avons revu qu'à la sortie.

— Aucun doute à ce propos ?

— Aucun.

— C'est bien, madame, dans une heure, je vous rendrai compte de mes efforts. Mais surtout ne réveillez pas Mme Aubrieux.

— Et si elle se réveillait ?

— Rassurez-la et donnez-lui confiance. Tout va de mieux en mieux, beaucoup mieux même que je ne l'espérais. »

Il raccrocha et se retourna vers Dutreuil en riant :

« Eh ! eh ! jeune homme, ça commence à prendre tournure. Qu'en dites-vous ? »

Que signifiaient ces paroles ? Et quelles conclusions Rénine avait-il tirées de sa communication ? Le silence fut lourd et pénible.

« Monsieur l'inspecteur principal, vous avez du monde sur la place, n'est-ce pas ?

— Deux brigadiers.

— Il y aurait intérêt à ce qu'ils fussent là. Veuillez aussi prier le patron qu'on ne nous dérange sous aucun prétexte. »

Et lorsque Morisseau fut de retour, Rénine ferma la porte, se planta devant Dutreuil, et scanda d'un ton de bonne humeur :

« Somme toute, jeune homme, de trois heures à cinq heures, ce dimanche-là, ces dames ne vous ont pas vu. C'est un fait assez curieux.

— Un fait tout naturel, risposta Dutreuil, et qui, du reste, ne prouve rien du tout.

— Qui prouve, jeune homme, que vous avez eu à votre disposition deux bonnes heures.

— Évidemment, deux heures que j'ai passées au cinéma.

— Ou autre part. »

Dutreuil l'observa.

« Ou autre part ?

— Oui, puisque vous étiez libre, vous avez eu tout le loisir pour aller vous promener à votre guise… Du côté de Suresnes, par exemple.

— Oh ! oh ! fit le jeune homme en plaisantant à son tour, Suresnes, c'est bien loin.

— Tout près ! N'aviez-vous pas la motocyclette de votre ami Jacques Aubrieux ? »

Un nouveau silence suivit ces paroles. Dutreuil avait froncé les sourcils comme s'il cherchait à comprendre. À la fin on l'entendit chuchoter :

« Voilà donc où il voulait en venir… Ah ! le misérable… »

La main de Rénine s'abattit sur son épaule.

« Plus de bavardages. Des faits ! Gaston Dutreuil, vous êtes la seule personne qui savait ce jour-là deux choses essentielles : 1° que le cousin Guillaume avait 60 000 francs chez lui ; 2° que Jacques Aubrieux ne devait pas sortir. Tout de suite le coup à faire vous apparut. La motocyclette était à votre disposition. Vous vous êtes esquivé pendant la séance. Vous avez été à Suresnes. Vous avez tué le cousin Guillaume. Vous avez pris les soixante billets de banque et vous les avez portés chez vous. Et, à cinq heures, vous retrouviez ces dames ! »

Dutreuil avait écouté d'un air à la fois goguenard et ahuri, en regardant de temps à autre l'inspecteur Morisseau comme pour le prendre à témoin.

« C'est un fou, il ne faut pas lui en vouloir. »

Lorsque Rénine eut fini, il se mit à rire.

« Très drôle… une bonne farce… C'est donc moi que les voisins ont vu aller et revenir à motocyclette ?

— C'est vous, caché sous les vêtements de Jacques Aubrieux.

— Et ce sont les traces de mes doigts que l'on a relevées sur la bouteille dans l'office du cousin Guillaume ?

— Cette bouteille fut débouchée par Jacques Aubrieux, au déjeuner, chez lui, et c'est vous qui l'avez portée là-bas comme pièce à conviction.

— De plus en plus drôle, s'écria Dutreuil, qui avait l'air de s'amuser franchement. Alors j'ai combiné mon affaire, pour que Jacques Aubrieux fût accusé du crime ?

— C'était le plus sûr moyen de n'être pas accusé, vous.

— Oui, mais Jacques est mon ami d'enfance.

— Vous aimez sa femme. »

Le jeune homme bondit, furieux soudain.

« Vous avez l'audace !... Quoi ! une pareille infamie ?

— J'en ai la preuve.

— Mensonge, j'ai toujours eu pour Mme Aubrieux un respect, une vénération...

— En apparence. Mais vous l'aimez. Vous la désirez. Ne dites pas non. J'ai toutes les preuves.

— Mensonge ! Vous me connaissez depuis tantôt.

— Allons donc, il y a des jours que je vous guette dans l'ombre et que j'attends le moment de vous sauter dessus. »

Il saisit le jeune homme par les épaules et le secoua violemment.

« Allons, Dutreuil, avouez. J'ai toutes les preuves. J'ai des témoins que nous retrouverons tout à l'heure devant le chef de la Sûreté. Avouez donc ! Malgré tout, vous êtes bourrelé de remords. Rappelez-vous votre épouvante, au restaurant, quand vous avez lu le journal. Hein ! Jacques Aubrieux condamné à mort !... Vous n'en demandiez pas tant ! Le bagne pour lui, ça vous suffisait. Mais l'échafaud... Jacques Aubrieux exécuté demain, lui qui est innocent ! Avouez donc, pour sauver votre tête. Avouez donc ! »

Courbé sur lui, de toutes ses forces, il essayait de lui arracher l'aveu. Mais l'autre se redressa, et froidement, avec une sorte de dédain, il prononça :

« Vous êtes fou, monsieur. Pas un mot de ce que vous dites n'a le sens commun. Toutes vos accusations sont fausses. Et les billets de banque, est-ce que vous les avez trouvés chez moi, comme vous l'affirmiez ? »

Exaspéré, Rénine lui montra le poing.

« Ah ! canaille, j'aurai ta peau, va. »

Il entraîna linspecteur.

« Eh bien, qu'en dites-vous ? un fieffé coquin, n'est-ce pas ? »

L'inspecteur hocha la tête.

« Peut-être... Mais tout de même... Jusqu'ici... aucune charge réelle...

— Attendez, monsieur Morisseau, dit Rénine. Attendez notre entrevue avec M. Dudouis. Car nous le verrons à la préfecture, n'est-ce pas, M. Dudouis ?

— Oui, il y sera à trois heures.

— Eh bien, vous serez édifié, monsieur l'inspecteur principal ! Je vous prédis que vous serez édifié. »

Rénine ricanait en homme sûr des événements. Hortense qui était près de lui, et qui pouvait lui parler sans être entendue des autres, dit à voix basse :

« Vous le tenez, n'est-ce pas ? »

Il acquiesça de la tête.

« Si je le tiens ! c'est-à-dire que je ne suis pas plus avancé qu'à la première minute.

— Mais c'est affreux ! et vos preuves ?

— Pas l'ombre d'une preuve... J'espérais le démonter. Il s'est repris, le gredin.

— Pourtant, vous êtes certain que c'est lui ?

— Ce ne peut être que lui. J'en ai eu l'intuition dès le début, et depuis je ne le lâche pas de l'œil. J'ai vu grandir son inquiétude, au fur et à mesure que mon enquête semblait tourner autour de lui et se rapprocher. Maintenant, je sais.

— Et il aimerait Mme Aubrieux ?

— Logiquement, oui. Mais tout cela, ce sont des suppositions théoriques, ou bien des certitudes qui me sont personnelles. Ce n'est pas avec cela qu'on retient le couperet de la guillotine. Ah ! si l'on trouvait les billets de banque, M. Dudouis marcherait. Sinon, il me rira au nez.

— Alors ? » murmura Hortense, le cœur serré d'angoisse.

Il ne répondit pas. Il arpentait la pièce, affectant l'allégresse et se frottant les mains. Tout allait à merveille !

Vraiment il est agréable de s'occuper d'affaires qui s'arrangent pour ainsi dire d'elles-mêmes.

« Si on se rendait à la préfecture, monsieur Morisseau ? Le chef doit y être déjà. Et, au point où nous en sommes, autant en finir. M. Dutreuil veut bien nous accompagner ?

— Pourquoi pas ? » fit celui-ci d'un air d'arrogance.

Mais à l'instant même où Rénine ouvrait la porte, il y eut du bruit dans le couloir, et le patron accourut en gesticulant.

« M. Dutreuil est encore là ? Monsieur Dutreuil, des flammes dans votre appartement. C'est un passant qui nous avertit... il a vu cela de la place. »

Les yeux du jeune homme brillèrent. Une demi-seconde peut-être, sa bouche grimaça un sourire que Rénine avisa.

« Ah ! bandit, s'écria-t-il, tu t'es trahi ! C'est toi qui as mis le feu là-haut, et maintenant les billets flambent. »

Il lui barra le passage.

« Laissez-moi donc, hurlait Dutreuil. Il y a le feu et personne ne peut entrer, puisque personne n'a la clef. Tenez, la voici... Laissez-moi passer, sacrebleu ! »

Rénine lui arracha la clef des mains, et le tenant au collet :

« Ne bouge pas, mon bonhomme. Maintenant la partie est gagnée. Ah ! gredin... Monsieur Morisseau, voulez-vous donner l'ordre au brigadier de ne pas le perdre de vue et de lui brûler la cervelle s'il cherchait à décamper ? N'est-ce pas, brigadier, nous comptons sur vous ? une balle dans la tête... »

Il monta précipitamment l'escalier, suivi d'Hortense et de l'inspecteur principal, qui, d'assez mauvaise humeur, protestait :

« Voyons, quoi, ce n'est pas lui qui a mis le feu, puisqu'il ne nous a pas quittés ?

— Eh ! parbleu, *il l'aura mis d'avance.*

— Comment, je vous le répète ? Comment ?

— Est-ce que je sais ! mais un incendie ne se déclare pas comme ça, sans raison, au moment même où l'on a besoin de brûler des papiers compromettants. »

On entendait du bruit là-haut. C'étaient les garçons de la brasserie qui essayaient de démolir la porte. Une odeur âcre emplissait la cage de l'escalier.

Rénine atteignit le dernier étage.

« Place, les amis ! J'ai la clef. »

Il l'introduisit dans la serrure et ouvrit.

Une vague de fumée le heurta, si violente, que l'on eût pu croire que tout l'étage brûlait. Mais Rénine vit tout de suite que l'incendie s'était éteint de lui-même, faute d'aliment, et qu'il n'y avait plus de flammes.

« Monsieur Morisseau, que personne n'entre avec nous, n'est-ce pas ? Le moindre importun pourrait tout contrarier. Fermez la porte au verrou, cela vaudra mieux. »

Il passa dans la pièce de devant, où il était visible que l'incendie avait eu son foyer principal. Les meubles, les murs et le plafond, noircis par la fumée, n'avaient pas été atteints. En réalité, tout se réduisait à une flambée de papiers qui se consumaient encore au milieu de la pièce, devant la fenêtre.

Rénine se frappa le front.

« Triple imbécile ! Faut-il que je sois bête !

— Quoi ? fit l'inspecteur.

— Le carton à chapeau qui était sur le guéridon. C'est là qu'il avait caché les papiers. C'est là qu'ils étaient tout à l'heure encore, durant notre perquisition.

— Impossible !

— Eh oui, on l'oublie toujours, cette cachette-là, celle qui est trop en vue, à portée de la main ! Comment penser qu'un voleur laisse 60 000 francs dans un carton ouvert, où il dépose son chapeau en entrant, d'un geste distrait. On ne cherche pas là-dedans… Bien joué, monsieur Dutreuil ! »

L'inspecteur, qui demeurait incrédule, répéta :

« Non, non, impossible. Nous étions avec lui, et il n'a pas pu mettre le feu lui-même.

— Tout était préparé d'avance dans l'hypothèse d'une alerte… Le carton… les papiers de soie… les billets… tout cela devait être imprégné de quelque enduit inflammable. Il y aura jeté, au moment de partir, une allumette, une drogue, est-ce que je sais !

— Mais nous l'aurions vu, sapristi. Et puis est-il admissible qu'un homme qui a tué pour dérober 60 000 francs les anéantisse de la sorte ? Si la cachette était si bonne – et elle l'était puisque nous ne l'avons pas découverte –, pourquoi cette destruction inutile ?

— Il a eu peur, monsieur Morisseau. N'oublions pas qu'il joue sa tête. Tout plutôt que la guillotine, et cela, ces billets, c'était la seule preuve que l'on pouvait avoir contre lui. Comment l'aurait-il laissée ? »

Morisseau fut stupéfait.

« Comment ! la seule preuve...

— Évidemment !

— Mais vos témoins, vos charges ? tout ce que vous deviez raconter au chef ?

— Du bluff.

— Eh bien, vrai, bougonna l'inspecteur abasourdi, vous en avez de l'aplomb !

— Est-ce que vous auriez marché sans cela ?

— Non.

— Alors, qu'est-ce que vous réclamez ? »

Rénine se baissa pour remuer les cendres. Mais il ne restait même pas de ces débris de papiers raidis qui gardent encore la forme de ce qu'ils étaient.

« Rien, dit-il. C'est tout de même drôle ! Comment diable s'y est-il pris pour allumer le feu ? »

Il se releva et réfléchit, les yeux attentifs. Hortense eut l'impression qu'il donnait son effort suprême et qu'après ce dernier combat dans les ténèbres épaisses, il aurait son plan de victoire, ou se reconnaîtrait vaincu.

Défaillante, elle demanda avec anxiété :

« Tout est perdu, n'est-ce pas ?

— Non... non... dit-il pensivement, tout n'est pas perdu. Il y a quelques secondes, tout était perdu. Mais voici une lueur qui se lève et qui me donne de l'espoir.

— Oh ! mon Dieu, si cela pouvait être vrai !

— N'allons pas trop vite, dit-il. Ce n'est qu'une tentative... mais une très belle tentative... et qui peut réussir. »

Il se tut un moment, puis il eut un sourire amusé, et dit, avec un claquement de langue :

« Rudement fort, le Dutreuil. Cette façon de brûler les billets... quelle invention !... Et quel sang-froid ! Ah ! il m'a donné du fil à retordre, l'animal ! C'est un maître ! »

Il chercha un balai et poussa une partie des cendres dans

la pièce voisine. De cette pièce, il rapporta un carton à chapeau de même grandeur et de même apparence que celui qui avait été brûlé, le posa sur le guéridon après avoir remué les papiers de soie qui le remplissaient, et avec une allumette y mit le feu.

Des flammes jaillirent, qu'il éteignit quand elles eurent consumé la moitié du carton et presque tous les papiers. D'une poche intérieure de son gilet, il tira une liasse de billets de banque, en prit six qu'il brûla presque entièrement et dont il arrangea les débris et cacha le reste au fond du carton parmi les cendres et les papiers noircis.

« Monsieur Morisseau, dit-il enfin, je vous demande une dernière fois votre concours. Allez chercher Dutreuil. Dites-lui simplement ces mots : "Vous êtes démasqué, les billets n'ont pas pris feu. Suivez-moi" ; et amenez-le ici. »

Malgré ses hésitations et la crainte d'outrepasser la mission que lui avait donnée le chef de la Sûreté, l'inspecteur principal ne put se soustraire à l'ascendant que Rénine avait pris sur lui. Il sortit.

Rénine se tourna vers la jeune femme.

« Vous comprenez mon plan de bataille ?

— Oui, dit-elle, mais l'épreuve est dangereuse. Croyez-vous que Dutreuil tombera dans le piège ?

— Tout dépend de l'état de ses nerfs et jusqu'à quel point il est démoralisé ; une attaque brusquée peut parfaitement le démolir.

— Cependant, s'il reconnaît, à quelque signe, le changement de carton ?

— Ah ! certes, toutes les chances ne sont pas contre lui. Le gaillard est bien plus malin que je ne le croyais, et fort capable de s'en tirer. Mais, d'autre part, comme il doit être inquiet ! Comme le sang doit lui bourdonner aux oreilles et lui brouiller les yeux ! Non, non, je ne pense pas qu'il tienne le coup… Il flanchera… »

Ils n'échangèrent plus une parole. Rénine ne bougeait pas. Hortense demeurait troublée jusqu'au plus profond d'elle-même. Il s'agissait de la vie d'un homme innocent. Une erreur de tactique, un peu de malchance et, douze heures plus tard, Jacques Aubrieux était exécuté. Et, en même temps qu'une angoisse horrible, elle éprouvait, malgré tout, une sensation de curiosité ardente. Qu'allait faire le prince Rénine ? Qu'allait-il advenir de l'expérience tentée ? Comment résisterait Gaston Dutreuil ? Elle vivait une de ces minutes de tension surhumaine où la vie s'exaspère et prend toute sa valeur.

On perçut des pas dans l'escalier. C'étaient des pas d'hommes qui se hâtent. Le bruit se rapprocha. Ils arrivaient au dernier étage.

Hortense regarda son compagnon. Il s'était levé. Il écoutait, la figure transformée déjà par l'action. Dans le couloir, des pas résonnaient. Alors, soudain, il se détendit comme un ressort, courut vers la porte et cria :

« Vite !... finissons-en ! »

Des inspecteurs et deux garçons de la brasserie entrèrent. Dans le groupe des inspecteurs, il agrippa Dutreuil et le tira par le bras en disant avec gaieté :

« Bravo ! mon vieux. Le coup du guéridon et de la carafe, admirable ! Un chef-d'œuvre ! Seulement ça a raté.

— Quoi ! qu'est-ce qu'il y a ? marmotta le jeune homme en chancelant.

— Mon Dieu, oui, le feu n'a consumé qu'à moitié les papiers de soie et le carton, et, s'il y a eu des billets brûlés, comme les papiers de soie... les autres sont là, au fond... Tu entends ? les fameux billets... la grande preuve du crime... ils sont là, où tu les avais cachés... Par hasard, ils ne sont pas brûlés... Tiens regarde... voici les numéros... tu peux les reconnaître... Ah ! tu es bien perdu, mon gaillard. »

Le jeune homme s'était raidi. Ses yeux papillotaient. Il ne regarda pas, comme l'y invitait Rénine, il n'examina ni le carton, ni les billets. Du premier coup, sans prendre le temps de réfléchir, et sans que son instinct l'avertît, il crut, et, brutalement, il s'effondra sur une chaise en pleurant.

L'attaque brusquée, selon l'expression de Rénine, avait réussi. En voyant tous ses plans déjoués et l'ennemi maître de tous ses secrets, le misérable n'avait plus la force ni la clairvoyance nécessaires pour se défendre. Il abandonnait la partie.

Rénine ne le laissa pas respirer.

« À la bonne heure ! Tu sauves ta tête, tout simplement, mon petit. Écris donc ton aveu, pour t'en débarrasser. Tiens, voilà un stylo... Ah ! ça, tu n'as pas eu de veine, je le reconnais. C'était pourtant rudement bien machiné, ton truc du dernier moment. N'est-ce pas ? vous avez des billets de banque qui vous gênent, et que vous voulez anéantir ? Rien de plus facile. Vous posez sur le bord de la fenêtre une grosse carafe à ventre rebondi. Le cristal formera lentille et enverra les rayons du soleil sur le carton et sur les chiffons de soie convenablement préparés. Dix minutes après, ça flambe. Invention merveilleuse ! Et, ainsi que toutes les grandes découvertes, celle-ci provient du hasard, n'est-ce pas ? La pomme de Newton[1] ?... Un jour, le soleil, en passant à travers l'eau de cette carafe, aura fait flamber des brins de mousse ou le soufre d'une allumette, et, comme tu avais le soleil, tout à l'heure, à ta disposition, tu t'es dit : "Allons-y" et tu as placé la carafe au bon endroit. Mes compliments, Gaston. Tiens, voilà une feuille de papier. Écris : "C'est moi l'assassin de M. Guillaume." Écris donc, sacrebleu ! »

Penché sur le jeune homme, de toute son implacable volonté, il le contraignait à écrire, lui dirigeait la main et lui dictait la phrase. À bout de forces, épuisé, Dutreuil écrivit.

« Monsieur l'inspecteur principal, voici l'aveu, dit Rénine. Vous voudrez bien le porter à M. Dudouis. Ces messieurs, j'en suis sûr – il s'adressait aux garçons de la brasserie –, consentiront à servir de témoins. »

Et comme Dutreuil, accablé, ne bougeait pas, il le bouscula.

« Eh ! camarade, il faut se dégourdir. Maintenant que tu as été assez bête pour avouer, va jusqu'au bout de ta tâche, idiot. »

L'autre l'observa, debout devant lui.

« Évidemment, reprit Rénine. Tu n'es qu'une gourde. Le carton avait été bel et bien brûlé, les billets aussi. Ce carton-là, c'est un autre, mon vieux, et ces billets-là, c'est à moi. J'en ai même brûlé six pour mieux te faire gober la chose. Et tu n'y as vu que du feu. Faut-il que tu sois abruti !

---

1. Selon une anecdote tardive, le physicien anglais sir Isaac Newton (1642-1727) aurait été mis sur la voie de la découverte de l'attraction universelle en voyant tomber une pomme à ses pieds alors qu'il se reposait sous un arbre.

Au dernier moment, me donner une preuve, alors que je n'en avais pas une seule ! Et quelle preuve ! Ton aveu écrit ! Ton aveu écrit devant témoins ! Écoute, mon bonhomme, si on te coupe la tête, comme je l'espère bien, vrai, tu l'auras mérité. Adieu ! Dutreuil. »

Dans la rue, le prince Rénine pria Hortense Daniel de prendre l'automobile, d'aller chez Madeleine Aubrieux et de la mettre au courant.

« Et vous ? demanda Hortense.

— J'ai beaucoup à faire… Des rendez-vous urgents…

— Comment, vous refusez la joie d'annoncer la nouvelle ?…

— C'est une joie dont on se lasse. La seule joie qui se renouvelle toujours, c'est celle du combat. Après, cela n'a plus d'intérêt. »

Elle lui saisit la main et la garda dans les siennes un instant. Elle eût voulu dire toute son admiration à cet homme étrange qui semblait faire le bien comme un sport, et qui le faisait avec une sorte de génie. Mais elle ne put parler. Tous ces événements la bouleversaient. L'émotion lui serrait la gorge et lui mouillait les yeux.

Il s'inclina en disant :

« Je vous remercie. J'ai ma récompense. »

La lettre d'amour du roi George[1]

On frappa.

M. Barnett, de l'Agence Barnett et Cie, qui somnolait sur son fauteuil, dans l'attente du client, répondit :

« Entrez. »

Tout de suite, en voyant le nouveau venu, il s'écria cordialement :

« Ah ! l'inspecteur Béchoux ! Ça c'est gentil de me rendre visite. Comment allez-vous, mon cher ami ? »

L'inspecteur Béchoux contrastait, comme tenue et comme manières, avec le type courant de l'agent de la Sûreté. Il visait à l'élégance, exagérait le pli de son pantalon, soignait le nœud de sa cravate, et faisait glacer ses faux cols. Il était pâle, long, maigre, chétif, mais pourvu de deux bras énormes, à biceps saillants, qu'il semblait avoir dérobés à un champion de boxe et accrochés, tant bien que mal, à sa carcasse de poids plume. Il en était très fier. D'ailleurs un air de grande satisfaction habitait sa face juvénile. Le regard ne manquait pas d'intelligence et d'acuité.

« Je passais par là, répondit-il, et je me suis dit, connaissant vos habitudes régulières : "Tiens, mais c'est l'heure de Jim Barnett. Si je m'arrêtais..."

— Pour lui demander conseil... acheva Jim Barnett.

— Peut-être », avoua l'inspecteur, que la clairvoyance de Barnett étonnait toujours.

Il restait indécis cependant, et Barnett lui dit :

1. La nouvelle figure dans *L'Agence Barnett et Cie* (1928).

« Qu'y a-t-il donc ? La consultation paraît difficile aujourd'hui. »

Béchoux frappa la table du poing (et la force de son poing participait du formidable levier que constituait son bras).

« Eh bien, oui, j'hésite un peu. Trois fois déjà, Barnett, nous avons eu l'occasion de travailler ensemble à des enquêtes malaisées, vous comme détective privé, moi comme inspecteur de police, et, les trois fois, j'ai cru constater que les personnes qui avaient sollicité votre concours, la baronne Assermann par exemple, se séparaient de vous avec une certaine rancune.

— Comme si j'avais profité de l'occasion pour les faire chanter… interrompit Barnett.

— Non… je ne veux pas dire… »

Barnett lui frappa l'épaule :

« Inspecteur Béchoux, vous n'ignorez pas la formule de la maison : "Renseignements gratuits." Eh bien, je vous donne ma parole d'honneur que jamais, vous entendez, je ne demande un sou à mes clients et que jamais je n'accepte d'eux un centime. »

Béchoux respira plus librement.

« Merci, dit-il. Vous comprenez que ma conscience professionnelle ne me permet de collaborer qu'à de certaines conditions. Mais, en vérité (excusez-moi d'être indiscret), quelles sont donc les ressources de l'Agence Barnett ?

— Je suis commandité par plusieurs philanthropes qui désirent garder l'anonymat. »

Béchoux n'insista pas. Et Barnett reprit :

« Et alors, Béchoux, où cela se passe-t-il, votre affaire ?

— Près de Marly[1]. Il s'agit de l'assassinat du bonhomme Vaucherel. Vous en avez entendu parler ?

— Vaguement.

— Ça ne m'étonne pas. Les journaux s'y intéressent encore peu, bien que l'affaire soit diablement curieuse…

— Un coup de couteau, n'est-ce pas ?

---

1. Marly-le-Roi, près de Saint-Germain-en-Laye. Le lieu avait été souvent peint par les impressionnistes.

— Oui, entre les deux épaules.

— Des empreintes digitales sur le couteau ?

— Non. Le manche avait été sans doute enveloppé d'un papier, que l'on retrouva en cendres.

— Et pas d'indices ?

— Aucun. Du désordre. Des meubles renversés. En outre le tiroir d'une table fracturé, mais sans qu'il soit possible de dire pourquoi on l'a fracturé et ce que l'on y a pris.

— Où en est l'instruction ?

— À l'heure actuelle, on confronte le sieur Leboc, fonctionnaire en retraite, avec les trois cousins Gaudu, trois gredins de la pire espèce, maraudeurs et braconniers. Des deux côtés, et sans la moindre preuve, on s'accuse réciproquement de l'assassinat. Voulez-vous que nous y allions en auto ? Rien ne vaut la réalité d'un interrogatoire.

— Allons-y.

— Un mot encore, Barnett. M. Formerie, qui instruit l'affaire et qui espère bien ainsi attirer l'attention sur lui et conquérir un poste à Paris, est un magistrat pointilleux, susceptible, qui supporterait mal ces petits airs moqueurs qu'il vous arrive de prendre avec les représentants de la justice.

— Je vous promets, Béchoux, d'avoir pour lui les égards qu'il mérite. »

À mi-distance du bourg de Fontines à la forêt de Marly, au milieu de bois-taillis qu'une bande de terrain sépare de la forêt, se trouve, dans une enceinte de murs peu élevés, une maisonnette à un seul étage, avec un modeste potager. La « Chaumière » était habitée, huit jours encore auparavant, par un ancien libraire, le bonhomme Vaucherel, qui ne quittait son petit domaine de fleurs et de légumes que pour bouquiner de temps à autre sur les quais de Paris. Très avare, il passait pour riche, bien qu'il vécût médiocrement. Il ne recevait personne, sauf son ami, le sieur Leboc, qui demeurait à Fontines.

La reconstitution du crime et l'interrogatoire du sieur Leboc avaient eu déjà lieu, et les magistrats déambulaient dans le jardin lorsque Jim Barnett et l'inspecteur descendirent d'auto. Béchoux se fit reconnaître des agents qui gardaient l'entrée de la Chaumière et, suivi de Barnett, rejoignit le juge d'instruction et le substitut[1] au moment où ceux-ci s'arrêtaient à l'un des angles du mur. Les trois cousins Gaudu commençaient leurs dépositions. C'étaient trois valets de ferme, à peu près du même âge, qui n'avaient rien de commun entre eux qu'une même expression sournoise et têtue, sur des faces entièrement dissemblables. L'aîné affirma :

« Oui, monsieur le juge, c'est bien là qu'on a sauté pour porter secours.

— Vous veniez de Fontines ?

— De Fontines, et en retournant au travail, sur le coup de deux heures, nous bavardions avec la mère Denise, près d'ici, à la lisière du taillis, quand les cris ont commencé. "On appelle au secours, que je dis, ça vient de la Chaumière."

« Le bonhomme Vaucherel, vous comprenez, monsieur le juge, si on le connaissait ! On a donc couru. On a sauté le mur... Pas commode avec les tessons de bouteilles... Et on a traversé le jardin...

— Où étiez-vous exactement à l'instant où la porte de la maison s'est ouverte ?

— Ici même, dit l'aîné des Gaudu, qui mena le groupe vers une plate-bande.

— Somme toute, à quinze mètres du perron, fit le juge en désignant les deux marches qui montaient au vestibule. Et c'est de là que vous avez vu apparaître...

— ... M. Leboc lui-même... Je l'ai vu comme je vous vois... Il sortait d'un bond, comme quelqu'un qui se sauve, et, en nous voyant, il est rentré de même.

— Vous êtes sûr que c'était lui ?

— Sûr devant Dieu !

— Et vous aussi ? » demanda le juge aux deux autres.

Ils affirmèrent :

« Sûr, devant Dieu !

— Vous ne pouvez pas vous tromper ?

— Voilà cinq ans qu'il habite près de nous, au débouché

---

1. Magistrat du ministère public, chargé de suppléer un autre magistrat, en cas d'absence ou d'empêchement.

de Fontines, déclara l'aîné, même que j'ai porté du lait chez lui. »

Le juge donna des ordres. La porte du vestibule fut ouverte, et de l'intérieur vint un homme d'une soixantaine d'années, vêtu de coutil marron, coiffé d'un chapeau de paille, à figure rose et souriante.

« M. Leboc... » articulèrent en même temps les trois cousins.

Le substitut prononça, à part :

« Il est évident qu'aucune erreur n'est possible à cette distance, et que les Gaudu n'ont pas pu s'abuser sur l'identité du fugitif, c'est-à-dire de l'assassin.

— Certes, fit le juge. Mais disent-ils la vérité ? Est-ce réellement M. Leboc qu'ils ont vu ? Continuons, voulez-vous ? »

Tout le monde pénétra dans la maison et envahit une vaste salle où les murs étaient comme tapissés de livres. Quelques meubles seulement. Une grande table, celle dont un des tiroirs avait été fracturé. Un portrait en pied et sans cadre du bonhomme Vaucherel, sorte de pochade[1] coloriée, comme peut en faire un rapin[2] qui s'amuse à chercher surtout la silhouette. Par terre, un mannequin représentant la victime.

Le juge reprit :

« À votre arrivée, Gaudu, vous n'avez pas revu M. Leboc ?

— Non. On entendait des gémissements par ici, et on est venu tout de suite.

— Donc M. Vaucherel vivait...

— Oh ! pas bien fort. Il était à plat ventre, avec son couteau entre les épaules... On s'est mis à genoux... Le pauvre monsieur disait des mots...

— Que vous avez entendus ?

— Non... un seul tout au plus... Le nom de Leboc, qu'il répéta plusieurs fois... "M. Leboc... M. Leboc..." Et il mourut en se tordant sur lui-même. Alors on a couru partout. Mais M. Leboc n'était plus là. Il avait dû sauter par la fenêtre de la cuisine, qui était ouverte, et puis s'en aller par le petit

1. Croquis en couleur exécuté en quelques coups de pinceau. 2. Jeune élève, apprenti dans un atelier de peinture.

chemin de cailloux qui reste à couvert jusque derrière chez lui… Alors on a été tous les trois à la gendarmerie… où on a raconté la chose… »

Le juge posa encore quelques questions, fit préciser de nouveau l'accusation très nette que les cousins portaient contre M. Leboc, et se tourna vers celui-ci.

M. Leboc avait écouté, sans interrompre, et sans même que sa paisible attitude fût altérée par la moindre indignation. On eût dit que l'histoire des Gaudu lui semblait si stupide qu'il ne doutait point que cette stupidité n'apparût à la justice avec autant de force qu'à lui. On ne réfute pas de telles bêtises.

« Vous n'avez rien à dire, monsieur Leboc ?

— Rien de nouveau.

— Vous persistez à soutenir ?…

— Je persiste à soutenir ce que vous savez aussi bien que moi, monsieur le juge d'instruction, c'est-à-dire la vérité. Toutes les personnes de Fontines que vous avez interrogées, ou fait interroger, ont répondu : "M. Leboc ne sort jamais de chez lui dans la journée. À midi, on lui apporte de l'auberge son déjeuner. De une heure à quatre, il lit devant sa fenêtre et fume sa pipe." Or, il faisait beau ce jour-là. Ma fenêtre était ouverte et cinq passants – cinq – m'ont aperçu, comme chaque après-midi, d'ailleurs, ils m'aperçoivent, à travers la grille de mon jardin.

— Je les ai convoqués pour la fin de la journée.

— Tant mieux, ils confirmeront leurs dépositions, et puisque je n'ai pas le don d'ubiquité et que je ne puis pas être à la fois ici et chez moi, vous admettrez, monsieur le juge, qu'on ne m'a pas vu sortir de la Chaumière, que mon ami Vaucherel n'a pas pu prononcer mon nom en mourant, et que, en définitive, les trois Gaudu sont d'abominables coquins.

— Contre lesquels, n'est-ce pas, vous retournez l'accusation d'assassinat ?

— Oh ! simple hypothèse…

— Cependant une vieille femme, la mère Denise, qui ramassait les fagots, déclare qu'elle causait avec eux à l'instant où se sont élevés les cris.

— Elle causait avec *deux* d'entre eux. Où était le troisième ?

— Un peu en arrière..

— L'a-t-elle vu ?

— Elle le croit… elle n'est pas très sûre.

— Alors, monsieur le juge, qui vous prouve que le troisième Gaudu n'était pas ici même, en train d'exécuter le coup ? Et qui prouve que les deux autres, postés aux environs, n'aient pas sauté le mur, non pour secourir la victime, mais pour étouffer ses cris et l'achever ?

— En ce cas, quelle raison les porterait à vous accuser, vous, personnellement ?

— J'ai une petite chasse. Les cousins Gaudu sont des braconniers impénitents. Deux fois, sur mes indications, ils ont été pris en flagrant délit et condamnés. Aujourd'hui, comme il leur faut, coûte que coûte, accuser afin de n'être pas accusés, ils se vengent.

— Simple hypothèse, comme vous le dites. Pourquoi auraient-ils tué ?

— Je l'ignore.

— Vous n'imaginez pas ce qui a pu être dérobé dans le tiroir ?

— Non, monsieur le juge d'instruction. Mon ami Vaucherel, qui n'était pas riche, quoi qu'on dise, avait placé ses petites économies chez un agent de change et ne gardait rien ici.

— Aucun objet précieux ?

— Aucun.

— Ses livres ?

— Pas de valeur, comme vous pouvez vous en assurer. Et c'était son regret. Il eût voulu s'offrir des éditions rares, des reliures anciennes. Il n'en avait pas les moyens.

— Il ne vous a jamais parlé des cousins Gaudu ?

— Jamais. Si grand que soit mon désir de venger la mort de mon pauvre ami, je ne veux rien dire qui ne soit absolument véridique. »

L'interrogatoire se poursuivit. Le juge pressa de questions les trois cousins. Mais, somme toute, la confrontation n'apporta aucun résultat. Après avoir éclairci quelques points secondaires, les magistrats se rendirent à Fontines.

La propriété de M. Leboc, située sur les confins du village, n'était pas plus importante que la Chaumière. Une haie bien taillée et très haute entourait le jardin. À travers la grille d'entrée on apercevait, au-delà d'une petite pelouse toute ronde, une maison de briques badigeonnée de blanc. Comme à la Chaumière, quinze à vingt mètres environ de distance.

Le juge pria M. Leboc de prendre la place qu'il occupait au jour du crime. M. Leboc s'assit donc à sa fenêtre, un livre sur ses genoux et sa pipe aux lèvres.

Là non plus, l'erreur n'était pas possible. Toute personne passant devant la grille et jetant un coup d'œil sur la maison, ne pouvait pas ne pas voir distinctement M. Leboc. Les cinq témoins convoqués, paysans ou boutiquiers de Fontines, confirmèrent leur déposition et de telle façon que la présence de M. Leboc, le jour du crime, entre midi et quatre heures, ne pouvait pas faire plus de doute que sa présence actuelle devant les magistrats.

Ceux-ci ne cachèrent pas leur embarras devant l'inspecteur, et le juge d'instruction, à qui Béchoux présenta son ami Barnett comme un détective d'une extraordinaire pénétration, ne put s'empêcher de dire :

« Affaire embrouillée, monsieur, qu'en pensez-vous ?

— Oui, qu'en pensez-vous ? » appuya Béchoux qui rappela d'un signe à Barnett ses recommandations de courtoisie.

Jim Barnett avait assisté sans mot dire à toute l'enquête de la Chaumière, et plusieurs fois Béchoux l'avait interrogé vainement. Il se contentait de hocher la tête et de marmotter quelques monosyllabes.

Il répondit aimablement :

« Très embrouillée, monsieur le juge d'instruction.

— N'est-ce pas ? Au fond, la balance est égale entre les adversaires. D'une part, il y a l'alibi de M. Leboc, lequel incontestablement n'a guère pu quitter sa maison de l'après-midi. Mais, d'autre part, le récit des trois cousins me semble de bon aloi.

— De bon aloi, en effet. À droite *ou* à gauche, il y a sûrement ignominie et comédie abjecte. Mais est-ce à droite *ou* à gauche ? L'innocence est-elle chez les trois Gaudu, personnages louches, aux figues de brutes ? et le coupable serait-il le souriant M. Leboc dont le visage est tout candeur et sérénité ? Ou bien doit-on supposer que les faces de tous les acteurs du drame sont conformes aux rôles qu'ils y ont joués, M. Leboc étant innocent et les Gaudu coupables ?

— Somme toute, dit M. Formerie avec satisfaction, vous n'êtes pas plus avancé que nous.

— Oh ! si, beaucoup plus », affirma Jim Barnett.

M. Formerie pinça les lèvres.

« En ce cas, dit-il, faites-nous part de vos découvertes.

— Je n'y manquerai pas au moment voulu. Aujourd'hui, je vous demanderai seulement, monsieur le juge d'instruction, de convoquer un nouveau témoin.

— Un nouveau témoin ?

— Oui.

— Son nom ? son adresse ? prononça M. Formerie tout à fait dérouté.

— Je ne le connais pas.

— Hein ? que dites-vous ? »

M. Formerie commençait à se demander si « l'extraordinaire » détective ne se payait pas sa tête. Béchoux était fort inquiet.

À la fin Jim Barnett se pencha vers M. Formerie, et montrant du doigt le sieur Leboc qui, dix pas plus loin, fumait toujours consciencieusement à son balcon, il murmura en confidence :

« Dans la poche secrète du portefeuille de M. Leboc, il y a une carte de visite que percent quatre petits trous disposés en losange. Elle nous donnera ledit nom et ladite adresse. »

Cette communication saugrenue n'était point pour rendre son aplomb à M. Formerie, mais l'inspecteur Béchoux n'hésita pas. Sans invoquer le moindre prétexte, il se fit remettre le portefeuille de M. Leboc, il y a une carte de visite que percent quatre trous en losange, et qui présentait ce nom : Miss Élisabeth LOVENDALE, avec cette adresse au crayon bleu : Grand Hôtel Vendôme, Paris.

Les deux magistrats se regardèrent avec surprise. Béchoux rayonnait, cependant que M. Leboc s'écriait, sans le moindre embarras :

« Bon Dieu ! l'ai-je cherchée, cette carte ! Et mon pauvre ami Vaucherel, donc !

— Pour quelle raison la cherchait-il ?

— Oh ! ça, vous m'en demandez trop, monsieur le juge. Sans doute avait-il besoin de l'adresse ci-dessus.

— Mais ces quatre trous ?

— Quatre trous au poinçon que j'y ai faits pour marquer les quatre points d'un écarté[1] gagné par moi. Nous jouions souvent à l'écarté, tous les deux, et j'ai dû, par inadvertance, mettre cette carte de visite dans mon portefeuille. »

L'explication, fort plausible, fut donnée tout naturellement. M. Formerie l'accueillit avec faveur. Mais il restait à savoir comment Jim Barnett avait pu deviner la présence de cette carte de visite dans la poche secrète d'un homme qu'il n'avait jamais vu.

Cela, il ne le dit point. Il souriait aimablement, et réclamait avec insistance la convocation d'Élisabeth Lovendale. On la lui accorda.

Miss Lovendale était absente de Paris et ne vint que huit jours plus tard. L'instruction ne fit pas de progrès au cours de cette semaine, bien que M. Formerie poursuivît ses investigations avec un acharnement que surexcitait le souvenir désagréable de Jim Barnett.

« Vous l'avez horripilé, dit l'inspecteur Béchoux à Barnett, l'après-midi du jour où l'on se réunit à la Chaumière. C'est au point qu'il avait résolu de refuser votre collaboration.

— Dois-je m'en aller ?

— Non. Il y a du nouveau.

— Dans quel sens ?

— Je crois qu'il a pris position.

— Tant mieux. C'est sûrement la mauvaise position. On va rigoler.

— Je vous en prie, Barnett, de la déférence.

— De la déférence et du désintéressement. Je vous le promets, Béchoux. L'agence est gratuite. Rien dans les mains, rien dans les poches. Mais je vous assure que votre Formerie me porte sur les nerfs. »

Le sieur Leboc attendait déjà depuis une demi-heure.

---

1. Jeu de cartes où chaque joueur peut, si l'adversaire l'accorde, écarter les cartes qui ne lui conviennent pas et en recevoir de nouvelles.

Miss Lovendale descendit d'automobile. Puis M. Formerie arriva, tout guilleret, et s'écria aussitôt :

« Bonjour, monsieur Barnett. Nous apportez-vous de bonnes nouvelles ?

— Peut-être, monsieur le juge d'instruction.

— Eh bien, moi aussi... moi aussi ! Mais nous allons d'abord expédier votre témoin, et rapidement. Aucun intérêt, votre témoin. Du temps perdu. Enfin ! »

Élisabeth Lovendale était une vieille Anglaise, aux cheveux gris ébouriffés, aux allures excentriques, vêtue sans recherche, qui parlait français comme une Française, mais avec une telle volubilité qu'on avait peine à comprendre.

Dès son entrée, et avant toute question, elle partit à grande allure.

« Ce pauvre M. Vaucherel ! Assassiné ! Un si brave monsieur, et si curieux homme ! Alors vous désirez savoir si je l'ai connu ? Pas beaucoup. Une fois seulement je suis venue ici pour une affaire. Je voulais lui acheter quelque chose. L'accord ne s'est pas fait sur le prix. Je devais le revoir, après avoir consulté mes frères. Ce sont des gens connus, mes frères... Les plus gros... comment dites-vous ?... les plus gros épiciers de Londres... »

M. Formerie essaya de canaliser ce flot de paroles.

« Quelle chose désiriez-vous acheter, mademoiselle ?

— Un petit bout de papier... tout petit... du papier qui pourrait s'appeler aujourd'hui de la pelure d'oignon.

— Et qui a de la valeur ?

— Beaucoup pour moi. Et j'ai eu tort de le lui dire : "Vous saurez, cher monsieur Vaucherel, que la mère de ma grand-mère, la jolie Dorothée, a eu comme soupirant le roi George IV[1] lui-même, et qu'elle gardait les dix-huit lettres d'amour reçues de lui, dans les dix-huit tomes reliés en veau d'une édition de Richardson[2]... une par volume. Or, à sa

---

1. Roi d'Angleterre (1762-1830) qui mena une vie dissolue et scandaleuse ayant contribué à discréditer la Couronne. Le choix de ce roi par Leblanc explique la lettre d'amour à Dorothée. 2. Samuel Richardson, romancier anglais (1689-1761) célèbre pour ses romans épistolaires *Pamela, ou la Vertu récompensée* (1740) et *Clarissa Harlowe* (1748).

mort, notre famille a trouvé les volumes, sauf le quatorzième qui avait disparu avec la lettre numéro quatorze… la plus intéressante parce qu'elle prouve – on le savait – que la très jolie Dorothée a manqué à ses devoirs neuf mois avant la naissance de son fils aîné. Alors, vous comprenez, mon bon monsieur Vaucherel, comme nous serions heureux de retrouver cette lettre ! Les Lovendale, descendants du roi George ! Cousins du roi d'aujourd'hui ! Une telle chose nous vaudrait de la gloire, des titres !" »

Élisabeth Lovendale respira et, continuant le récit de sa démarche auprès du bonhomme Vaucherel, reprit :

« "Et puis, mon bon monsieur Vaucherel, voilà qu'après trente ans de recherches et d'annonces, j'ai su que l'on avait vendu dans une vente publique un lot de volumes, dont le quatorzième tome de Richardson. Je cours chez l'acheteur, un bouquiniste du quai Voltaire, lequel me renvoie chez vous, à qui le livre appartient depuis hier.

« — En effet", me dit ce bon M. Vaucherel, qui me montra le tome XIV de Richardson.

« — Regardez, lui dis-je, la lettre numéro quatorze doit être dans le dos du volume, sous la reliure."

« Il regarde, devient tout pâle, et me dit :

« — Combien l'achetez-vous ?"

« C'est là que j'ai vu ma bêtise. Si je n'avais pas parlé de la lettre, j'aurais eu le volume pour cinquante francs. J'en ai offert mille. Le bon M. Vaucherel se mit à trembler et demanda dix mille francs. J'acceptai. Il perdit la tête. Moi aussi. C'était, vous savez, comme aux enchères publiques. Vingt mille… Trente mille… À la fin, il exigeait cinquante mille, et il criait comme un fou, les yeux tout rouges :

« — Cinquante mille !… Pas un sou de moins ! De quoi acheter tous les livres que je voudrai !… les plus beaux !… Cinquante mille francs !

« Il voulait tout de suite un acompte, un chèque. Je lui promis de revenir. Il jeta le livre dans le tiroir de cette table, ferma à clef, et me laissa partir. »

Richardson exerça une profonde influence en France, notamment sur Diderot.

Élisabeth Lovendale compléta son histoire par une suite de détails inutiles, que l'on n'écouta point, d'ailleurs. Depuis un moment, quelque chose retenait davantage l'attention de Jim Barnett et de l'inspecteur Béchoux, c'était le visage crispé de M. Formerie. À n'en point douter, une émotion violente l'avait envahi, et il souffrait d'une sorte de joie excessive qui le bouleversait. À la fin, il chuchota, la voix sourde et l'expression emphatique :

« Somme toute, mademoiselle, vous réclamez le tome XIV des œuvres de Richardson ?

— Oui, monsieur.

— Le voici, dit-il en tirant de sa poche avec un geste théâtral un petit livre relié en veau.

— Est-ce possible ! s'écria l'Anglaise enthousiasmée.

— Le voici, répéta-t-il. La lettre d'amour du roi George ne s'y trouve pas. Je l'y aurais vue. Mais je saurai bien la découvrir puisque j'ai su découvrir le volume que l'on cherche depuis cent ans, et puisque le voleur de l'un est fatalement le voleur de l'autre. »

M. Formerie se promena un instant, les mains au dos, en savourant son triomphe.

Et soudain il tapota la table à petits coups et conclut :

« Nous connaissons enfin la cause de l'assassinat. Un homme aux écoutes entendit la conversation de Vaucherel et de Miss Lovendale et nota l'endroit où Vaucherel enfermait le livre. Quelques jours plus tard, cet homme tuait pour voler et pour vendre plus tard la lettre numéro quatorze. Quel était cet homme ? Gaudu, le valet de ferme, en qui je n'ai cessé de voir le coupable. Hier, au cours d'une perquisition, j'ai remarqué une fente anormale entre les briques disjointes de sa cheminée. J'ai fait élargir le trou. Un livre était là, un livre qui, évidemment, provenait de la bibliothèque Vaucherel. Les révélations inattendues de Miss Lovendale prouvent la justesse de ma déduction. Je vais mettre sous mandat les trois cousins Gaudu, chenapans fieffés, assassins du bonhomme Vaucherel, et criminels accusateurs de M. Leboc. »

Toujours solennel, M. Formerie tendit la main en signe d'estime à M. Leboc, qui le remercia avec effusion. Puis, comme un galant homme, il conduisit Élisabeth Lovendale jusqu'à son auto, revint vers les autres, et s'écria en se frottant les mains :

« Allons, je crois que l'affaire fera du bruit, et que les oreilles de M. Formerie tinteront agréablement. Que voulez-vous ? M. Formerie est un ambitieux et la capitale l'attire. »

On se mit en marche vers la maison des Gaudu où il avait donné l'ordre que fussent amenés, sous bonne escorte, les trois cousins. Le temps était beau. Suivi de M. Leboc, encadré par l'inspecteur Béchoux et par Jim Barnett, M. Formerie laissait déborder son contentement et, d'un ton gouailleur :

« Hein, mon cher Barnett, ce fut rondement mené ? et plutôt dans un sens contraire à vos prévisions ! Car enfin vous étiez hostile à M. Leboc ?

— J'avoue, en effet, monsieur le juge d'instruction, confessa Barnett, que je me suis laissé influencer par cette satanée carte de visite. Figurez-vous qu'elle se trouvait sur le plancher de la Chaumière, lors de la confrontation, que le sieur Leboc s'en était rapproché, et que, tout doucement, il avait mis le pied droit dessus. En s'en allant, il l'emportait ainsi, collée à sa chaussure, l'en détachait dehors, et la glissait dans son portefeuille. Or, l'empreinte de sa semelle droite dans la terre mouillée me fit voir que ladite semelle portait quatre pointes disposées en losange et, par conséquent, que le sieur Leboc, sachant qu'il avait oublié cette carte sur le plancher, et ne voulant pas que l'on connût le nom et l'adresse d'Élisabeth Lovendale, avait combiné son petit manège. Et, de fait, c'est grâce à cette carte de visite… »

M. Formerie éclata de rire.

« Mais c'est de l'enfantillage, mon cher Barnett ! En voilà des complications inutiles ! Comment peut-on s'égarer ainsi ? Un de mes principes, voyez-vous, Barnett, c'est qu'il ne faut pas chercher midi à quatorze heures. Contentons-nous des faits, tels qu'ils s'offrent à nous, sans essayer de les adapter, coûte que coûte, à des idées préconçues. »

On approchait de la maison de M. Leboc, le long de laquelle il fallait passer pour se rendre chez les Gaudu. M. Formerie prit le bras de Barnett et continua cordialement son petit cours de psychologie policière.

« Votre grand tort, Barnett, fut de n'avoir pas voulu admettre, comme intangible, cette vérité, si simple pourtant, qu'on ne peut pas être à deux endroits à la fois. Tout est là. M. Leboc, fumant à sa fenêtre, ne pouvait en même temps assassiner à la Chaumière. Tenez, M. Leboc est derrière nous, n'est-ce pas, et voici la grille de sa maison à dix pas, devant nous ? Eh bien, il est impossible d'imaginer un miracle par lequel M. Leboc serait à la fois derrière nous et à sa fenêtre. »

M. Formerie, juge d'instruction, sauta sur place et poussa une exclamation de stupeur.

« Qu'y a-t-il ? » lui demanda Béchoux.

Il tendit le doigt vers la maison.

« Là-bas... là-bas... »

À travers les barreaux de la grille, de l'autre côté de la pelouse, on apercevait, vingt mètres plus loin, en train de fumer sa pipe dans le décor de sa fenêtre ouverte, M. Leboc... M. Leboc qui pourtant se trouvait également près du groupe, sur le trottoir !

Vision d'horreur ! Hallucination ! Fantôme effrayant ! Ressemblance incroyable ! Qui donc jouait, là-bas, le rôle du véritable sieur Leboc que M. Formerie tenait par le bras ?

Béchoux avait ouvert la grille et courait. M. Formerie s'élança aussi vers l'image diabolique du sieur Leboc, qu'il interpellait et menaçait. Mais l'image ne semblait pas s'émouvoir et ne bougeait pas. Comment se fût-elle émue et comment eût-elle bougé, puisque – ils le constatèrent de plus près – ce n'était rien qu'une image, une toile qui remplissait exactement le cadre de la fenêtre, et qui offrait en profondeur, brossée de la même façon, et par la même main évidemment que le portrait du bonhomme Vaucherel, à la Chaumière, la silhouette du sieur Leboc en train de fumer sa pipe.

M. Formerie se retourna. Près de lui, le souriant, placide, et couperosé M. Leboc n'avait pas pu soutenir l'attaque imprévue, et s'était effondré comme sous un coup de massue. Il pleurait et il avouait bêtement.

« J'avais perdu la tête... j'ai frappé sans le vouloir. Je voulais être de moitié avec lui... il m'a refusé... alors j'ai perdu la tête... j'ai frappé sans le vouloir... »

Il se tut. Et, dans le silence, la voix de Jim Barnett qui se faisait aigre, méchante et gouailleuse, retentit :

« Hein ! qu'en dites-vous, monsieur le juge d'instruction ? Un joli coco que votre protégé Leboc ! Quelle maîtrise dans la préparation de son alibi ! Et comment les passants inattentifs de chaque jour n'eussent-ils pas cru voir, de loin, le véritable Leboc ! Pour moi, je me suis douté du coup, dès le premier jour, en voyant le bonhomme Vaucherel sur sa toile. Est-ce que par hasard le même artiste n'aurait pas dessiné la silhouette de son ami Leboc ? J'ai cherché, et pas bien longtemps, tellement Leboc était sûr que nous serions trop bêtes pour découvrir son truc : la toile était roulée dans le coin d'un hangar, sous des tas d'ustensiles hors d'usage. Je n'ai eu qu'à la clouer ici, tout à l'heure, tandis qu'il se rendait à votre convocation. Et voilà comment on peut, en même temps, assassiner à la Chaumière et fumer sa pipe à domicile ! »

Jim Barnett était féroce. Sa voix pointue déchirait l'infortuné M. Formerie.

« Faut-il qu'il en ait perpétré, dans sa vie d'honnête homme ! Hein, est-ce beau sa parade au sujet de la carte de visite, les quatre trous pour marquer les quatre points d'un écarté ! Et le livre qu'il a été déposer l'autre après-midi (je le suivais) dans la cheminée des Gaudu ! Et la lettre anonyme qu'il vous a envoyée ! Car je suppose bien que c'est cela qui vous a déclenché, monsieur le juge d'instruction ! Sacré Leboc, tu m'as fait bien rigoler avec ta face de petit vieux bien propre. Canaille, va ! »

Très pâle, M. Formerie se contenait. Il observait le sieur Leboc. À la fin, il murmura :

« Ça ne m'étonne pas... un regard faux... des manières obséquieuses. Quel bandit ! »

Une colère subite l'anima.

« Oui, un bandit ! Et je vais vous mener par un petit chemin !... Et d'abord la lettre, la lettre numéro quatorze, où est-elle ? »

Incapable de résister, le sieur Leboc balbutia :

« Au creux de la pipe qui est suspendue contre le mur de la pièce à gauche... Cette pipe n'est pas débourrée de ses cendres... la lettre y est... »

On entra vivement dans la pièce. Béchoux trouva aussitôt la pipe et secoua les cendres. Mais il n'y avait rien au creux du fourneau, aucune lettre, ce qui parut confondre le sieur Leboc et qui mit le comble à l'exaspération de M. Formerie.

« Menteur ! Imposteur ! Misérable ! Ah ! tu peux être sûr que tu parleras, gredin, et que tu la rendras, cette lettre ! »

Cependant les yeux de Béchoux et de Barnett s'étaient rencontrés. Barnett souriait. Béchoux crispa les poings. Il comprenait que l'Agence Barnett et Cie avait une façon toute spéciale d'être gratuite, et il s'expliquait comment Jim Barnett, tout en jurant à bon droit qu'il ne demandait jamais un centime à ses clients, pouvait mener une confortable existence de détective privé.

Il s'approcha de lui et murmura :

« Vous êtes d'une jolie force. C'est digne d'Arsène Lupin.

— Quoi ? fit Barnett d'un air ingénu.

— L'escamotage de la lettre.

— Ah ! vous avez deviné ?

— Parbleu !

— Que voulez-vous, je collectionne les autographes des rois d'Angleterre. »

Trois mois plus tard, à Londres, Élisabeth Lovendale reçut la visite d'un certain gentleman très distingué, qui se fit fort de lui procurer la lettre d'amour du roi George. Il réclamait la bagatelle de cent mille francs.

Les négociations furent laborieuses. Élisabeth consulta ses frères, les plus gros épiciers de Londres. Ils se débattirent, refusèrent, puis finalement cédèrent.

Le gentleman très distingué toucha donc cent mille francs, et détourna, en outre, tout un wagon d'épicerie fine dont on ne sut jamais ce qu'il était devenu…

Chronologie

1864 Naissance à Rouen le 11 décembre de Maurice Leblanc dans une famille de négociants aisés. Son enfance normande est marquée par l'influence de Flaubert, qu'il aperçoit à Croisset. Il lit Hugo, Balzac, Alexandre Dumas, Jules Verne, Gustave Aimard, ainsi que Walter Scott et Fenimore Cooper (*La Prairie*).

1870 La guerre avec la Prusse est déclarée le 19 juillet. En décembre, le père de Leblanc envoie son fils en Écosse depuis Le Havre pour y échapper.

1875-1882 Il fréquente le lycée Corneille à Rouen et commence à explorer la Normandie à bicyclette : estuaire de la Seine, abbayes de Saint-Wandrille, de Jumièges (où il passera souvent ses vacances d'été, et qui apparaîtra dans plusieurs romans), ainsi que les falaises d'Étretat, évoquées dans *L'Aiguille creuse.* Flaubert meurt le 8 mai 1880.

1885 Mort de sa mère Blanche à quarante et un ans.

1888 Il monte à Paris pour fuir la province et commencer des études de droit. Il fréquente le cabaret du Chat Noir, les milieux symbolistes et décadents, et s'installe à Montmartre. Son modèle est Guy de Maupassant, et il envisage la carrière d'écrivain : « Métier sublime ! l'écrivain triture l'esprit, sème les idées fécondes et plaît aux femmes. »

1889 Il épouse Marie Lalanne le 10 janvier. Naissance d'une fille, Marie-Louise.

1890 Ses premiers textes paraissent dans *La Revue illustrée.* Publication en novembre chez Kolb d'un recueil de contes intitulé *Des couples*, d'inspiration psychologique, qui aura peu de succès.

1891 Durant l'été, Leblanc rend probablement visite à Maupassant dans sa villa « La Guillette », à Étretat.

1892 Sa seconde sœur Georgette quitte Rouen pour Paris et devient comédienne chanteuse. En octobre, Leblanc commence sa collaboration à *Gil Blas*, revue prestigieuse où a paru *La Terre*, de Zola.

1893 Parution en feuilleton dans *Gil Blas* de son premier roman, *Une femme*, influencé par *Madame Bovary* de Flaubert (le roman se passe à Rouen) et *Une vie* de Maupassant. Il est remarqué par Jules Renard (qui évoquera Leblanc dans son *Journal*), Alphonse Daudet et Léon Bloy. Mort de Maupassant.

1894 Recueil de nouvelles, *Ceux qui souffrent*, chez Ollendorff. Exposition Steinlein, artiste lié au Chat Noir, qui illustrera plusieurs romans de Leblanc. Article sur la bicyclette dans le *Gil Blas* de juin, sous le titre « Elle ».

1895 En janvier, Georgette fait la connaissance du poète Maurice Maeterlinck, dont elle devient la compagne. Divorce de Leblanc. Parution du roman *L'Œuvre de mort* chez Ollendorff en novembre.

1897-1903 Période difficile pour Leblanc, qui ne réussit pas à trouver le succès littéraire et rencontre des problèmes de santé.

1904 En juin, *Gueule-rouge 80-chevaux*, recueil de quarante « contes sportifs » parus dans *L'Auto*, est publié chez Ollendorff. Le livre est dédié à Henri Desgrange, directeur de *L'Auto* et fondateur du Tour de France avec Géo Lefèvre en 1903.

1905 Pierre Lafitte, directeur du magazine *Je sais tout*, demande à Leblanc d'imiter les aventures de Sherlock Holmes. « L'arrestation d'Arsène Lupin » paraît en feuilleton, avec deux illustrations de Georges Leroux, en juillet. Une série commence, intitulée « La vie extraordinaire d'Arsène Lupin ».

1906 « L'évasion d'Arsène Lupin » paraît dans *Je sais tout* de janvier. Leblanc épouse Marguerite Wormser, qui lui a donné un fils, Claude. Échec de *La Pitié*, pièce en trois actes jouée au théâtre Antoine.

1907 *Arsène Lupin, gentleman cambrioleur*, recueil de neuf nouvelles, paraît en juin chez Lafitte avec une préface de Jules Claretie. Le succès est considérable.

1908 En janvier, parution chez Lafitte du *Mystère de la chambre jaune* de Gaston Leroux. Leblanc publie *Arsène Lupin contre Herlock Sholmes*, recueil de nouvelles. La pièce *Arsène Lupin*, en collaboration avec Francis de Croisset, est jouée à l'Athénée en octobre. *L'Aiguille creuse* paraît en feuilleton dans *Je sais tout.*

1910 *813*, nouveau roman avec Arsène Lupin, paraît chez Lafitte en juin. *Arsène Lupin contre Herlock Sholmes*, pièce en quatre actes, est joué au Châtelet en octobre.

1911 Création par Pierre Souvestre et Marcel Allain de Fantômas, « l'empereur du crime », destiné à rivaliser avec Arsène Lupin. À Paris, les Leblanc habitent villa Herran, rue de la Pompe. Ils séjournent souvent à Nice, où ils retrouvent Georgette.

1912 *Le Bouchon de cristal* paraît chez Lafitte en décembre. *La Robe d'écailles roses*, « aventures sentimentales et tragiques », recueil de contes à la manière de Maupassant, paraît en août chez Lafitte.

1914 Première Guerre mondiale : Leblanc est trop âgé pour être mobilisé. Le 1er juillet, reprise chez Lafitte d'*Arsène Lupin, gentleman cambrioleur* dans la collection des « Romans d'aventures et d'action », avec une couverture de Léo Fontan qui popularise l'image du gentleman cambrioleur avec son monocle, son chapeau et sa canne.

1915 *L'Éclat d'obus* (1914), roman patriotique.

1916 *Le Cercle rouge*, « grand roman cinématographique adapté par Maurice Leblanc du film américain *The Red Circle* », paraît dans *Le Journal* à partir de novembre. Hachette diffuse en édition populaire les aventures d'Arsène Lupin.

1919 Le roman *L'Île aux trente cercueils* paraît dans *Le Journal* de juin à août. *Les Trois Yeux*, « roman scientifique d'aventures », paraît dans *Je sais tout* en juillet.

1920 *Les Dents du tigre*, roman. Reprise au théâtre d'*Arsène Lupin.*

1921 Achat d'une propriété à Étretat, qu'il baptise « Le Clos Lupin ».

1923 *Les Huit Coups de l'horloge*, recueil de nouvelles publiées dans *Excelsior*, paraît chez Lafitte en juin. Le roman *La Comtesse de Cagliostro* commence à paraître dans *Le Journal*.

1926 *La Demoiselle aux yeux verts*, roman qui évoque sa sœur Georgette.

1927 Mort de Gaston Leroux le 15 avril à Nice.

1928 *La Demeure mystérieuse*, roman avec Arsène Lupin. *L'Agence Barnett et Cie*, recueil de nouvelles qui met en scène Arsène Lupin sous les traits du détective Barnett, paraît chez Lafitte en juin.

1930 *Arsène Lupin banquier*, opérette en trois actes d'Yves Mirande et Albert Willemetz, est jouée aux Bouffes-Parisiens en mai. Après la mort de Doyle le 7 juillet, Leblanc écrit « À propos de Conan Doyle » dans les *Annales politiques et littéraires* du 1er août.

1931 *Le Théâtre de Maurice Leblanc* paraît chez Lafitte en juillet.

1932 *La Femme aux deux sourires* et *Les Clés mystérieuses*, romans.

1933 *Victor, de la brigade mondaine* paraît dans *Paris-Soir* de juin à juillet, avant d'être repris par Lafitte en septembre.

1934 Le roman *La Cagliostro se venge* paraît dans *Le Journal* entre juillet et août. Il sera repris chez Lafitte en juillet 1935.

1935 *Le Scandale du gazon bleu*, roman d'amour, paraît chez Flammarion en juin.

1936 *Pièces radiophoniques* en un acte, diffusées sur Radio-Cité à partir de février.

1939 Le roman *Les Milliards d'Arsène Lupin* paraît dans *L'Auto* entre janvier et février. Ganimard y est chargé d'arrêter Arsène Lupin à sa descente d'un paquebot, comme dans « L'Arrestation d'Arsène Lupin ».

1940 En juin, les Leblanc rejoignent leur belle-fille à La Baule.

1941 Leblanc est présent à la reprise en juillet de la pièce *Arsène Lupin* au théâtre Édouard-VII, avec Jean Max dans le rôle de Lupin. Mort de Georgette le 26 octobre. Mort de Maurice Leblanc le 5 novembre à Perpignan.

Bibliographie sélective

Pour de plus amples informations, on pourra consulter les bibliographies établies par Francis Lacassin dans *Le Magazine littéraire*, n° 52 (mai 1971) et dans *Mythologie du roman policier* (tome 1, 1974), ainsi que celle établie dans la revue *Europe*, n°s 604-605 (août-septembre 1979), numéro spécial « Arsène Lupin ».

Première publication des nouvelles du recueil

« Le collier de la reine » : *Je sais tout*, 15 avril 1906, illustrations de Pézilla. Repris dans *Arsène Lupin, gentleman cambrioleur*, Paris, Lafitte, juin 1907.

« La perle noire » : *Je sais tout*, 15 juillet 1906, illustrations de Davids et Auguste Leroux. Repris dans *Arsène Lupin, gentleman cambrioleur.*

« Au sommet de la tour » : *Excelsior*, 17-22 décembre 1922. Repris dans *Les Huit Coups de l'horloge*, Paris, Lafitte, juin 1923.

« La carafe d'eau » : *Excelsior*, 23-26 décembre 1922. Repris dans *Les Huit Coups de l'horloge.*

« La lettre d'amour du roi George » : in *L'Agence Barnett et Cie*, Paris, Lafitte, juin 1928.

Publication en recueils

Arsène Lupin, gentleman cambrioleur, n° 843, préface de Pierre Lazareff, Paris, Librairie Générale Française, 1962.

Les Huit Coups de l'horloge, n° 1971, Paris, Le Livre de Poche, 1966.

L'Agence Barnett et Cie, n° 2869, Paris, Le Livre de Poche, 1971.

Éditions complètes

Arsène Lupin, éd. de Francis Lacassin, Paris, Laffont, « Bouquins », 5 vol., 1986-1996.

Les Aventures extraordinaires d'Arsène Lupin, Paris, Presses de la Cité, « Omnibus », 3 vol., 2004.

Biographie de Maurice Leblanc

DEROUARD, Jacques, *Maurice Leblanc, Arsène Lupin malgré lui*, Paris, Séguier, 1989 [biographie très complète, qui donne la liste des lieux et dates de publication de toutes les nouvelles et romans, p. 313-339].

Articles et ouvrages

BENS, Jacques, « Les trois crimes d'Arsène Lupin », *Revue d'études lupiniennes* 3, 1969.

BOILEAU, Pierre, NARCEJAC, Thomas, *Le Roman policier*, Paris, PUF, « Quadrige », 1975, rééd. 1994.

BROCHON, Pierre, « La littérature populaire et son public », *Communications* 1, 1961.

COMTE-SPONVILLE, André, GEORGE, François, *Arsène Lupin, gentleman philosopheur*, Paris, Le Félin, 1996.

DINGUIRARD, Jean-Claude, « Le lecteur en peau de Lupin », *Europe*, n°s 604-605, août-septembre 1979, p. 67-77.

FOSCA, François, *Les Romans policiers*, Paris, Wesmael-Charlier, 1964.

GEORGE, François, *La Loi et le phénomène*, Paris, Bourgois, 1978.

—, « Arsène Lupin contre Jacques Lacan », *Europe*, n°s 604-605, août-septembre 1979, p. 117-119.

LACASSIN, Francis, « Arsène Lupin ou du cambriolage comme un service public au service du public », in *Mythologie du roman policier*, Paris, UGE, 10/18, 1974, tome 1, chap. IV.

—, « La vraie vie d'Arsène Lupin », *Le Magazine littéraire*, n° 52, mai 1971.

LEBLANC, Maurice, « La moralité d'Arsène Lupin », *Le Journal*, août 1920.

NARCEJAC, Thomas, *Une machine à lire : le roman policier*, Paris, Denoël/Gonthier, 1975.

OLIVIER-MARTIN, Yves, « Esthétique du gentleman cambrioleur », *Europe*, n°s 604-605, août-septembre 1979, p. 35-42.

—, « Théâtro-filmographie d'Arsène Lupin », *Europe*, n°s 604-605, août-septembre 1979, p. 143-147.

RAYMOND, François, « Arsène Lupin et le démon de la répétition », *Europe*, p. 42-49.

RUAUD, André-François, *Les Nombreuses Vies d'Arsène Lupin*, Lyon, Les Moutons électriques, coll. « La Bibliothèque Rouge », n° 1, 2005 [publié à l'occasion du centenaire de la création d'Arsène Lupin].

ZINK, Michel, *Arsène Lupin et l'affaire d'Arsonval*, Paris, De Fallois, 2004 [réécriture qui met en scène Arsène Lupin et Arsène d'Arsonval, professeur de médecine expérimentale au Collège de France].

Arsène Lupin à l'écran : principales adaptations

1908 : *The Gentleman Burglar*, de Edwin Stratton Porter, U.S.A., Edison. Avec William Ranows (Arsène Lupin).

1910-1911 : *Arsène Lupin contra Sherlock Holmes*, de Viggo Larsen, Allemagne, Production Vitascope GmbH, Berlin. 5 films. Avec Paul Otto (Holmes) et Viggo Larsen (Lupin).

1915 : *Arsène Lupin*, de George Loane Tucker, G.-B., London Film Company. Avec Gerald Ames (Lupin).

1919 : *The Teeth of the Tiger/Les Dents du Tigre*, de Chester Withey, U.S.A., Paramount. Avec David Powell (Sernine/Don Luis Perenna/Lupin).

1923 : *Rupimono/813, Une histoire de Lupin*, de Kenji Mizoguchi, Japon, Nippon Katsudo Sashin. Avec Minami Komei (Arsen Rupin).

1932 : *Arsène Lupin*, de Jack Conway, U.S.A., Metro-Goldwyn-Mayer. Avec John Barrymore (duc Jacques de Charmerace/Lupin) et Lionel Barrymore (inspecteur Guerchard).

1937 : *Arsène Lupin détective*, de Henri Diamant-Berger, d'après *L'Agence Barnett et Cie*, France, Le Film d'Art.

Avec Jules Berry (Barnett/Lupin), Gabriel Signoret (inspecteur Béchoux), Suzy Prim (Olga Vauban).

1938 : *Arsène Lupin Returns/Le Retour d'Arsène Lupin*, de George Fitzmaurice, U.S.A., Metro-Goldwyn-Mayer. Musique : Franz Waxman. Avec Melvyn Douglas (René Farrand/Lupin).

1956 : *Les Aventures d'Arsène Lupin*, de Jacques Becker, France, Cinéphonic, Gaumont, Films Costellazione (Rome). Avec Robert Lamoureux (André Laroche/Aldo di Parini/Lupin), Liselotte Pulver (Minna von Kraft), Georges Chamarat (inspecteur Dufour).

1959 : *Signé Arsène Lupin*, d'Yves Robert, France, Cinéphonic, Gaumont, Films Costellazione (Rome). Musique : Georges Van Parys. Avec Robert Lamoureux (Laroche/Lupin), Alida Valli (Aurelia Valeano), Yves Robert (La Ballu).

1962 : *Arsène Lupin contre Arsène Lupin*, d'Édouard Molinaro, France, Cinéphonic, Dama Cinematografica (Rome). Musique : Georges Van Parys. Avec Jean-Pierre Cassel (Gérard Dagmar/Lupin fils), Jean-Claude Brialy (François de Vierne/Lupin fils), Françoise Dorléac (Nathalie Cartier).

1971-1974 : *Arsène Lupin*, feuilleton télévisé, 2e chaîne, ORTF. Deux séries de 13 épisodes en couleur de 55 mn. Chanson du générique : « L'Arsène », de J.-P. Bourtayre, texte de Jacques Lanzmann, chantée par Jacques Dutronc. Avec Georges Descrières (Arsène Lupin).

1980 : *Arsène Lupin joue et perd*, d'Alexandre Astruc, feuilleton télévisé sur Antenne 2, en 6 épisodes. Musique : Georges Delerue. Avec Jean-Claude Brialy (Arsène Lupin).

1989-1990 : *Le Retour d'Arsène Lupin*, feuilleton télévisé sur France 3, en 12 épisodes. Musique : Vladimir Cosma. Avec François Dunoyer (Arsène Lupin).

1995-1996 : *Les Nouveaux exploits d'Arsène Lupin*, feuilleton télévisé sur France 3, en 8 épisodes. Musique : Vladimir Cosma. Avec François Dunoyer (Arsène Lupin).

2004 : *Arsène Lupin*, de Jean-Paul Salomé, France, Hugo Films, TF1 Films, M6 Films. Avec Romain Duris (Lupin), Kristin Scott Thomas (Joséphine Balsamo), Eva Green (Clotilde), Robin Renucci (Dreux-Soubise), Pascal Greggory (Beaumagnan).

Table